Encres Eternelles

2 - Incidence

Isaura Bonacina

"L'inconscient est le psychique lui-même et son
essentiel réalité. "

Sigmund Freud

Remerciement

Merci à ma mère et à Angélique, ma belle-sœur d'avoir été mes bêta-lectrices et mes correctrices.

Merci à mes lecteurs pour leur bienveillance, leur engouement et leur fidélité.

Bonne lecture à tous.

Ma bien douce Julie,

Oserai-je vous dire sans mentir que je me sens perdue ? Loin de chez moi, et pourtant si près de vous.

Ce manoir n'est en rien ma demeure, elle ne reflète que malheur et discordance. Je ne sais pas ce que je fais ici, je ne sais pas comment j'ai pu atterrir en ces lieux de disgrâce, à être traitée comme une vulgaire démente.

Ces derniers jours m'ont paru bien insoutenables, l'absence de George me mine terriblement. Son soutien, sa force, sa protection font de moi une femme forte, mais sans lui, j'ai peur de dépérir plus rapidement.

Votre présence, même si elle se conçoit bien difficilement, me semble d'un autre temps, nous l'avons bien vu, nous ne pouvons risquer cette dissension au péril de notre vie. Écrire ces lettres, vous sachant non loin de moi, m'enferme dans ce délire cruel que ces médecins s'acharnent à construire autour de nous…

Que devons-nous faire ?

Garder le silence pour le moment est d'une indéniable sagesse. Plus les heures passent en ces lieux et plus j'ai ce sentiment d'avoir peut-être rêvé mon autre vie, d'avoir imaginé mon George…

George, mon aimé, mon amant, mon âme sœur, est-il en train de retourner ciel et terre pour me retrouver ?

Nous avions réussi à nous réunir, nous étions enfin si heureux, tous ensemble, la famille au grand complet. Nous avions communié nos secrets, notre existence et chacun avait accepté le rôle qui lui était imparti.

Que s'est-il passé Julie ? Vous seule pouvez m'en donner une explication, vous seule détenez la réponse de tout ce renversement.

Les aides-soignantes parlent beaucoup de vous quand elles s'occupent de moi, comme si j'étais totalement impotente… Je ne sais pas si elles essaient d'obtenir une réaction de ma part ou si elles me croient vraiment absente. Elles ne cessent de dire que vous combattez la raison, que vous cherchez à savoir. Pas plus tard qu'hier, elles vous ont retrouvé près du labyrinthe. Avez-vous trouvé quelque chose ? Faut-il pénétrer ce dédale pour retrouver nos vies ?

Je ne sais pas combien de temps je vais pouvoir garder le silence comme vous me l'avez conseillé par le biais de votre billet, mais je vais faire de mon mieux.

Cette époque me semble infernale, les bruits ne cessent jamais, même au milieu de la nuit les incessants aller-retour de ces oiseaux de métal perturbent ce qu'il reste de ma lucidité. La moitié des choses que je vois m'est incompréhensible, même si l'image, différente toute fois de certains de vos mots dans notre échange antérieur, me parvient comme explication. Qui pourrait croire que l'évolution ait autant perturbé la nature humaine ?

En quoi consiste réellement ce traitement qu'ils tentent d'appliquer sur nos personnes ? Cela fait déjà quatre jours, Julie, que nous errons dans ce manoir qui était notre demeure, notre lieu de repos. Je ne puis me poser plus longtemps dans ces chambres nues, pittoresques. Ils ont dénaturé GrandArmour et ils commencent à faire de même sur nous.

Je vais retrouver le jardin cette après-midi et je tâcherais de déposer cette lettre à l'endroit de nos derniers échanges furtifs. Nous devons redoubler de vigilance, car leurs yeux sont partout. Ils nous observent sans relâche, ils attendent quelque chose, un contact, un geste, un lien pour nous détruire…

Reposez-vous Julie, espacez vos sorties vers le labyrinthe, n'objectez pas leurs demandes, nous ne devons rien leur donner, rien laisser paraître.

Amicalement,
Lizetha.

Chère Lizetha,

Je crois que le monde dans lequel nous fûmes envoyées n'est pas le nôtre. J'ai retourné cette histoire encore et encore dans ma tête, mais rien de tout cela ne concorde. L'Histoire du monde où nous nous trouvons n'est en rien similaire à ce que je pus apprendre.

Il nous faut trouver un moyen de partir, un moyen de fuir…

Les électrochocs deviennent plus violents à chaque séance, j'ai beau essayer de répéter votre nom dans mon esprit pour ne pas l'oublier, mais il m'arrive de ne plus savoir ce que je fais ici… J'ai peur, Lizetha, peur de tout oublier et d'être condamnée à cette vie de folie…

Nous ne sommes pas chez nous, quelque chose à dérégler le court du temps. Cette pierre Lizetha, que je retins dans un dernier souffle à cette déesse, Orya, créatrice du dédale, a causé notre perte. Mais si je le lui avais laissé, Dieu seul sait ce qu'il serait advenu des êtres que nous aimons. Je vous demande pardon, je ne sais pour quelle raison vous avez vous-même été embarquée dans cette histoire, de votre époque à ici. Cela n'a pas de sens… Je suis pourtant heureuse, d'un certain côté, de partager cela avec vous, mais je me maudis de vous avoir traînée dans cet enfer.

D'après les dires des médecins, ils nous ont retrouvées dans une maison pleine de soldats morts, où nous étions recouvertes de leur sang. Notre présence est inexplicable, et notre silence leur semble être une partie du problème. Pourtant, je me souviens m'être réveillée dans ce corps qui ressemble au mien, dans cette chambre au mur gris, attachée au barreau d'un lit. Lorsque que je tente de chercher des explications, toutes sortes d'idées me viennent, il est possible que d'autres plans de notre univers existent, des mondes semblables aux nôtres, mais dont l'Histoire ne se déroulerait pas à l'identique. Cela relève bien sûr d'un point de vue scientifique que vous n'avez pas encore connu, ou bien de la folie elle-même…

Je ne sais pas, je ne sais plus…

Mes rêves ont l'air si réels en ce moment, James m'accompagne dans chacun d'eux. Je peux sentir son parfum, toucher sa peau, apprécier la chaleur de son corps contre le mien, bien que son visage ait l'air si triste, accaparé par le remords. Nous nous enlaçons des heures durant, jusqu'à ce que nous devions nous séparer. Une douleur me transperce toujours au même endroit, le sang ne tarde pas à couler, et les yeux de James se remplissent de larmes. Et puis nos corps s'éloignent l'un de l'autre, et je me retrouve propulsée dans ce lit de fortune. J'ai peur que la mort m'ait emportée et conduite dans cet espace étrange, dans cette sphère de trépas, condamnée à errer dans ces méandres désaxés, peur que le coup reçu par cet Edward Coven ne put être soigné, peur d'être tombée dans le labyrinthe et de ne pouvoir en sortir.

Et si cela était le cas Lizetha, si nous étions enfermées dans ce labyrinthe maudit et que tout ceci n'était qu'une illusion de cette Orya pour récupérer la pierre que je lui ai arrachée ?

Ah ! Tout ça m'épuise !

Je ne veux pas abandonner, je n'abandonnerai pas, mais nous devons trouver une solution.

Déjà douze jours que nous sommes ici, et leurs échanges à nos propos ne font que renforcer mes doutes. Ils parlent de notre correspondance, Lizetha, de nos premières lettres, de tout ce que nous avons pu raconter. Ils disent que nous avons une imagination débordante et que le traitement n'a fait que renforcer notre démence. Mais nous nous savons, Lizetha, nous savons ce qui est réel et ce qui ne l'est pas. Nous savons que nous sommes réelles et qu'eux ne le sont pas…

Vous devez savoir Lizetha, que depuis notre arrivée en ces lieux, mon admiration envers vous ne fait que grandir. Cette époque, ces changements bien qu'ils vous effraient ne vous ont pas conduite dans la folie et pourtant il y aurait bien eu des raisons à cela. Le va-et-vient des avions dans le ciel est dû à cet état de guerre dans lequel notre pays est entré. La Seconde Guerre mondiale est en train de se dérouler sous nos yeux. Toutes ces nouveautés pour vous, pour votre esprit doivent être bien incompréhensibles et malgré tout cela vous maintenez le cap.

Je regrette de ne pouvoir entrer en contact direct avec vous, encore une chose d'étrange qui doit être lié à cette pierre, si seulement je savais où elle se trouve. Si nous avons été envoyées ici, alors la pierre doit l'être également, nous devons la rechercher.

Je pense que nous devrions essayer de parler, peut-être que cela apaisera leur méfiance et qu'ils arrêteront ces séances d'électrochoc qui ne font que nous détruire petit à petit. Il faut que nous fassions semblant d'avoir tout oublié, d'avoir occulté ce passé qu'ils nous donnent. Il nous faut entrer dans leur jeu et en apprendre davantage pour nous sortir de là.

Je vous embrasse, faute de pouvoir vous prendre dans mes bras.
Julie.

James,

Tu ne liras sûrement jamais cette lettre, mais j'ai besoin de te parler, d'évacuer ce que je ressens depuis que je me suis réveillée, entravée, dans cet hôpital, cet asile…

Après l'éclat qui m'envoya dans le monde d'Orya, je ne pouvais, instinctivement, lui laisser la pierre du temps. Je ne sais pas comment l'expliquer, mais il ne fallait pas qu'elle retombe entre ses mains. Après tout, nous sommes les gardiens et ce fardeau est nôtre pour toujours.

Comment t'expliquer alors où je me trouve à présent ? À première vue, j'aurais juré être dans notre monde, à une époque seulement différente, mais plus les jours passent et plus cet endroit me semble altéré.
Rien que le fait que GrandArmour n'appartienne plus aux DeMats est quelque chose d'invraisemblable. Ce manoir si magnifiquement sauvegardé à notre époque est aujourd'hui devenu le domaine de la recherche

mentale, de l'analyse de la folie comme ils disent si bien…

Mon arrivée il y a quelques jours n'était pas unique. Lizetha, par la magie du labyrinthe sûrement, arriva elle aussi. Nous nous en sommes aperçus seulement au lendemain de notre réveil dans ces chambres funestes. Deux infirmières s'occupant de chacune de nous nous ont conduites dans les jardins pour notre promenade. Quand je vis Lizetha se tenir là, devant moi, totalement perdue, mon sang ne fit qu'un tour, j'avais alors envie de courir vers elle et de la prendre dans mes bras.

Mais le temps se protège, ou nous protège, je ne sais pas vraiment quelle formule serait la plus appropriée.

Lorsque Lizetha tourna son regard vers moi, une étrange sensation se mua en nous, son visage devenant éblouissant.

Nous ne pouvions alors nous regarder face à face, nous ne pouvions nous parler ni nous toucher.

Encore une chose bien mystérieuse qui malheureusement entretient dans l'esprit des médecins et des infirmiers qui nous entourent l'impression de notre état mental déviant.

Installées dans des chambres mitoyennes, nous trouvâmes rapidement une solution pour communiquer ; passant des mots à travers une légère fissure. Ne pouvant nous permettre d'attiser la curiosité des employés de cet établissement, nous décidâmes de garder le silence et de nous fondre parmi les patients calmes et obéissants.

Mais un traitement avait déjà été mis en place ultérieurement pour nos propres personnes, une thérapie hautement destructrice.

Subir pareille torture me paraissait inimaginable, comment survivre à ces chocs sans en sortir traumatisée ou encore brisée ?

Ma première séance d'électrochocs fut pour moi comme une mise à mort ratée. Mon cerveau, mon esprit, prit l'image d'un miroir qui commence à se fissurer, une légère craquelure partant de la gauche et se répandant par à-coups à son extrémité. Fermant les yeux, poings serrés jusqu'à ce que de mes paumes coule du sang, je tentais de garder l'image de ton visage en tête, et de répéter sans interruption les noms de ceux qui constituent ma famille.

Après cette séance plus que dévastatrice, j'eus le droit à un rendez-vous avec mon médecin traitant, le docteur Lietkov. Il m'ausculta comme un mannequin, puisque je ne pouvais, à ce moment-là, presque plus bouger et ordonna à une infirmière de me bander les mains. Je retins cependant, dans ce filet de conversation que je réussis à entendre, qu'il maintiendrait encore les trois prochaines séances, jusqu'à notre entretien mensuel.

De retour dans ma chambre, un mal de tête, plus fort que tous ceux que j'avais pu avoir jusque-là, accompagna mon retour à la normale. Je restai ainsi des heures, recroquevillée sur moi-même, ne pouvant plus stopper mes pleurs… Imaginant notre pauvre Lizetha subir pareille atteinte…

Au lendemain, libre de marcher dans les couloirs sordides de ce manoir qui ne ressemble plus du tout à ce que nous connaissons, je me rendis compte de l'horreur dans laquelle nous avions mis les pieds. Je distinguais rapidement Lizetha dans la même pièce que moi, observant ces patients malades d'un œil identique au mien. Certaines femmes étaient entièrement entravées par des camisoles de force, regroupées dans un même coin de la pièce à fixer un point, absentes ou inconscientes de leur propre état. D'autres, dont le regard accentuait leurs gestes déments, se pavanaient, dansaient au milieu des autres, murmurant pour elle-même des mots, des phrases incompréhensibles. Parmi ces êtres souffrants, d'autres ressemblaient à nous, des femmes perdues, se demandant bien ce qu'elles faisaient là, mais obéissant sans accroc à ces nouveaux tortionnaires.

Après un léger signe de tête de Lizetha, m'informant que tout allait bien, je me déplaçais jusqu'au jardin, où nous étions libres de circuler. Je m'approchais alors du labyrinthe afin de savoir si la malédiction autour de ce dédale était encore bien présente. Deux infirmiers arrêtèrent ma marche rapide et me redirigèrent vers le centre du terrain, où une immense fontaine façonnait le côté pittoresque des lieux.

L'année où nous avons atterri me fut donnée lorsqu'au détour d'un coin de repos au-dehors mon regard se porta sur le haut d'un journal posé là. 1944… Une chance que nous soyons en Angleterre…

Je me laissais tomber sur une chaise, quand une fois de plus une infirmière vint à ma rencontre afin de me ramener dans mes quartiers et de me droguer avec mes cinq pilules journalières…

Les nuits pourraient alors nous paraître courtes, droguées, nous ne nous battons jamais à trouver le sommeil en fin de journée, après un maigre repas. Nos portes sont alors fermées à double tour et nous nous retrouvons dans cette prison qui n'aurait jamais dû l'être pour nous.

Mes rêves sont quasiment identiques chaque soir, je plonge dans un univers commun, ce monde qui est le mien et je te retrouve. Tu m'y attends toujours, dans ce jardin fabuleux, où les fleurs de multiples couleurs nous enveloppent de leur fragrance. Je m'agrippe alors à cette main tendue et tu me ramènes près de toi. Tes doigts parcourent mon visage délicatement, tandis que tu t'approches de plus en plus. Mon corps pressé contre le tien, redevient fort et stable, car tu me maintiens de ta puissance. Et toujours, mes mains s'attachent à ta nuque, j'enfouis mon visage au creux de ton cou, humant ce doux parfum qui est le tien. J'en oublie alors l'horreur et la souffrance, l'ennui et l'impatience qui m'étreignent chaque jour, car je suis là dans tes bras et je sais que tu ne m'abandonneras pas.

Tu cherches alors à remonter mon visage vers le tien, à plonger tes yeux dans les miens, à caresser mes lèvres jusqu'à ce que nous ne fassions plus qu'un. Je fonds alors littéralement et nous nous laissons aller dans les bras l'un de l'autre sur le sol de verdure accueillant.

Nous passons la nuit ainsi dans l'incapacité de nous défaire, et surtout sans le vouloir. Tes caresses me sont nécessaires et se prolongent avec désir, avec passion. Je ne peux que répondre à ces gestes tendres et emplis de réconfort, bercée par ce besoin commun. Sentir ta paume au creux de mes reins me fait frissonner et désirer davantage. Le contact de ta peau sous la mienne ne retient plus mon appétit, mais le soleil se lève déjà et nous devons alors nous séparer. Je me recentre une dernière fois sur tes yeux bleu profond et attends ce moment où le réveil m'éloignera de toi, mais qu'importe, je sais que cette nuit, je te retrouverai.

Mon aimé. Mon James.
Ta Julie.

Échange entre Julie et Lizetha

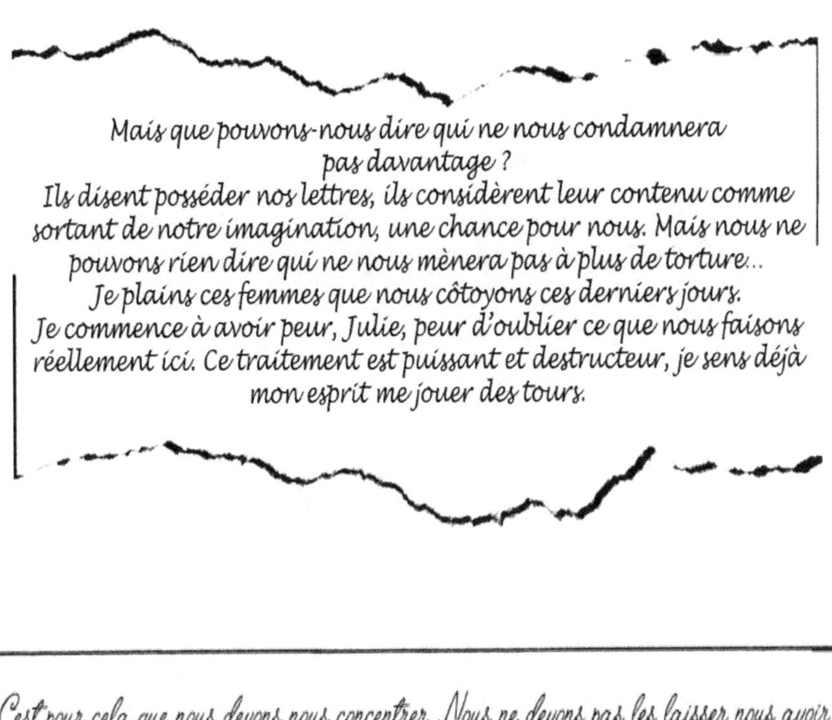

Mais que pouvons-nous dire qui ne nous condamnera
pas davantage ?
Ils disent posséder nos lettres, ils considèrent leur contenu comme
sortant de notre imagination, une chance pour nous. Mais nous ne
pouvons rien dire qui ne nous mènera pas à plus de torture...
Je plains ces femmes que nous côtoyons ces derniers jours.
Je commence à avoir peur, Julie, peur d'oublier ce que nous faisons
réellement ici. Ce traitement est puissant et destructeur, je sens déjà
mon esprit me jouer des tours.

C'est pour cela que nous devons nous concentrer. Nous ne devons pas les laisser nous avoir.

Mon esprit se brise aussi, je répète alors inlassablement votre nom, celui de George, de

James et de tous ceux nous entourant.

Je ne sais pas si ça marchera à chacune de nos séances, mais cela constitue une part

de nos mémoires. Nous devons toujours communiquer entre nous. Lizetha.

C'est notre force.

Je suis du même avis. Ensemble, nous sommes fortes.
Mais ma chère Julie, il faut commencer à dire quelque chose, leur montrer que nous essayons de nous en sortir.
Ils disent nous avoir trouvées après un épisode traumatisant de notre vie. Faisons comme vous l'avez suggéré, disons-leur que nous avons oublié. Que nous avons tout oublié...
Cela nous laissera peut-être un peu de répit pour penser à notre fuite.

Vous avez raison, si nous ne parlons pas, ils doubleront les séances, et comme vous, je ne souhaite pas revivre ca. Tenons-nous à cette idée, nous leur dirons que nous ne nous rappelons de rien, mis à part de notre réveil ici. Tâchez de ne pas employer des mots trop compliqués, trop longs, Lizetha. Il faut que vous preniez exemple sur mon style de langage. Je sais que ca ne sera pas facile pour vous, mais vous devez essayer.

Pour notre problème de confrontation, nous leur dirons simplement qu'en la présence l'une de l'autre nous ressentons une profonde douleur, qui doit être liée, sans nul doute, à ce qu'ils nous ont raconté quand ils nous ont retrouvées.

Croyez-vous que cela sera suffisant ?

Comme vous l'avez dit, il nous faut un moment de répit.

Nous n'avons pas vraiment le choix,...

Vous arrive-t-il de penser à James ?
Personnellement, je ne peux détourner une seule seconde
mes pensées de George. Je n'aurais jamais cru qu'il me
manquerait à ce point. Je ne cesse de penser à ce qu'il doit
ressentir, à ce désarroi qui doit l'étreindre jour et nuit
depuis mon départ.

Je sais ce que vous ressentez... J'ai même écrit une lettre à James la nuit dernière,

tellement il me manque. J'avais besoin de créer une sorte de lien... Il m'arrive de penser

que depuis notre départ, le temps s'est figé pour eux.

Cette alternative m'aide à penser qu'ils ne se rendent compte de rien, leur épargnant

cette peine que nous, nous ressentons.

Mais je crois que cette pensée est purement égoïste. J'imagine que lorsque nous trouve-

rons le moyen de sortir d'ici, nous les rejoindrons et que nous continuerons notre vie

comme si rien ne s'était passé.

C'est une pensée forte plaisante, et je l'adopterai bien…
Attention, je les entends arriver !

James,

Comment te décrire cette journée qui ressembla plus à une nouvelle torture qu'a une échappatoire pour les patientes que nous sommes devenues ? Nos infirmières habituelles sont venues nous annoncer la visite de nos proches, le frère de Lizetha, et mon époux.

Quelle terrible souffrance de te voir là, à quelques mètres de moi, m'ignorant totalement au profit de ton ancêtre. De voir ton visage accablé par la tristesse lorsque tu la pris dans tes bras, mais qu'elle resta abasourdie par ce rapprochement dont elle n'avait pas l'habitude. Je dus me faire bien vite à l'idée que cet homme qui était présent, ressemblant trait pour trait à mon compagnon, n'était qu'une illusion de plus de ce monde étrange. Un clone parfait, mais dont il ne ressortait rien de commun.

Je ne te cacherai pas avoir été soulagée de voir venir face à moi celui qui me fut présenté comme mon mari, car moi qui me voyais déjà essayer de garder mon calme face à un inconnu, je me retrouvais nez à nez avec

Benjamin. Je sentis une légère hésitation de sa part à me serrer contre lui, avait-il peur que je lui refuse ce geste ?

Je ne pus alors m'empêcher de penser à celle qui aurait dû être là, à ma place dans ce corps, celle qui était la véritable épouse de ce Benjamin. Mes larmes se mirent alors à couler sans que je puisse les arrêter. Il serra un peu plus son étreinte, caressant délicatement mes cheveux.

Quand je réussis à me reprendre, nous allâmes faire quelques pas dans le jardin, main dans la main. Une fois de plus, mon cher James, ce réflexe m'aidait à garder les pieds sur terre, je n'avais que toi et toi seul en tête.

Je ne pus d'ailleurs engager aucune conversation et le silence se prolongea jusqu'à que lui décide de le briser.

— Est-ce que tu vas bien ?

— Je me sens quelque peu... déboussolée, murmurai-je.

Nous stoppâmes alors cette avancée et il se retourna vers moi.

— Les médecins m'ont dit que tu ne parlais plus. Que tu te résignais à garder le silence.

— Je le fais pour me protéger d'eux. Si je venais à leur parler, Dieu seul sait ce que nous subirions de pire.

— Qu'est-ce qu'ils te font ? Qu'est-ce qu'ils te donnent ?

— Nous sommes constamment sous traitement quand nous ne subissons pas des électrochocs...

— Des électrochocs ? Tu es sérieuse ? Ils nous avaient certifié qu'ils vous aideraient à aller mieux et non pas à vous rendre plus abîmées que ne vous l'êtes.

Me reprenant dans ses bras, je sentais son corps trembler de la tête aux pieds.

— Benjamin, dis-je, il faut que tu nous aides. Nous devons sortir d'ici.

— Toi et cette femme, Lizetha ?

— Oui, moi et Lizetha.

— Qui est-elle ? Je ne t'avais jamais vu avec elle avant tout ça…

— Je ne saurais comment te l'expliquer, car je ne me souviens de rien. Je ne sais même pas pourquoi nous sommes ici…

— Il faut que tu en parles aux médecins, ma chérie, tu ne peux pas continuer à te murer dans le silence comme tu le fais.

— C'est plus compliqué que ça en a l'air, Ben.

Son regard s'intensifia quelques secondes, avais-je prononcé quelque chose que je n'aurais pas dû ? Il prit alors ma main gauche dans la sienne, et commença à l'observer attentivement, jusqu'à ce qu'il me lâche et recule de quelques pas, sa tête entre les mains.

— Benjamin, dis-je.

— Ce n'est pas toi… Vous… vous n'êtes pas elle…

Serait-il ma chance pour sortir d'ici, pour retrouver mon monde et l'aider à retrouver celle qu'il aimait ? Je me rapprochais de lui, essayant de garder mon calme.

— Écoutez-moi, dis-je tout près de lui. Je ne suis pas votre Julie, mais j'ai besoin de vous pour retrouver mon monde et je vous promets de retrouver votre compagne.

Il releva aussitôt la tête et me fixa longuement.

— Tout ça n'a ni queue ni tête. Qui êtes-vous ? Comment êtes-vous arrivée là ? C'est encore un tour de ces Allemands, n'est-ce pas ?

La colère montait en lui à présent, il me maintenait fermement les épaules, serrant les dents.

— Si je vous expliquais, vous ne me croiriez pas.

— Essayez toujours !

J'entrepris alors un discours que je jugeais des plus simples, même s'il paraissait tout aussi dément que le lieu où nous étions enfermés, n'omettant ni la pierre ni l'héritage de gardien de la famille DeMats ainsi que notre dernier combat contre Edward Thomas Coven.

C'est alors que j'appris que le propriétaire et directeur actuel de l'établissement psychiatrique de GrandArmour n'était autre qu'un certain Thomas Coven.

— Dans ce monde-ci, il a donc réussi à tout récupérer, me dis-je à moi-même.

— Votre histoire est des plus hallucinante, répondit Benjamin. Vous me dites que cette Lizetha est une des premières gardiennes de GrandArmour et du secret du labyrinthe. Qu'elle serait née en l'an 1795, et pourtant elle est là avec vous qui seriez née en 1990. Je suis désolé, mais j'ai un peu de mal à encaisser tout ça…

Il quitta rapidement l'enceinte me laissant seule dans le jardin sous le regard impressionnant de ce James. Je m'en retournais alors à l'intérieur avant d'être rapidement rejointe par Lizetha, que je retrouvais par l'intermédiaire de nos mots échangés sur papier.

Elle n'avait pu elle aussi garder sa véritable identité secrète, James se doutait de quelque chose, mais elle n'était pas allée jusqu'à lui expliquer quoi que ce soit, par peur de se retrouver une fois de plus entravée et maltraitée, elle préférait garder son histoire pour elle, le laissant au fin fond de ses interrogations.

Nous essayâmes toute la fin de journée de nous convaincre l'une et l'autre que j'avais bien fait de parler à ce Benjamin. Que ce que nous avions appris aujourd'hui était capital et que nous devions à présent nous concentrer sur le directeur de GrandArmour pour pouvoir partir d'ici.

Mais dès le lendemain, à la suite de notre nouvelle séance d'électrochoc que nous ne pûmes appréhender sans crainte, il semblait déjà que notre plan allait être mis à mal.

Une lubie de leur part nous conduisit à bien des maux. Le docteur Lietkov organisa une séance assez particulière où il décida de nous confronter, Lizetha et moi. Dans une pièce claire aux murs capitonnés, nous nous retrouvâmes l'une en face de l'autre.

Mais ce que nous avions ressenti la première fois, lorsque nous nous vîmes, s'accentua ici, et plus nous combattions la douleur, plus elle se faisait intense.

Les seuls mots qui sortirent alors de nos bouches, leur permettant enfin d'entendre le son de nos voix, furent des supplications.

Bien que cela fut notifié comme une évolution de notre traitement, nos comportements étranges ne firent que renforcer leurs analyses sur une maladie mentale existante, et non une profonde dépression comme il avait été décrit depuis le début. Nous avons donc décidé de parler à ce docteur Lietkov en évoquant notre idée de départ ; lui faire croire que nous ne nous rappelions de rien, et qu'en la présence de l'autre, la douleur émotionnelle que nous ressentions était bien trop forte pour être supportée, que nous ne voulions plus revivre cette perte qu'ils nous avaient précédemment relatée.

Il semblerait à présent qu'un temps de répit nous soit accordé. Mais je n'oublie en rien l'époque actuelle où nous sommes. Les électrochocs étaient monnaie courante pour toutes sortes de maladies.

Les gélules ont cependant doublé, et en plus des effets soporifiques, il semblerait que notre état se soit considérablement dégradé. Il nous est de plus en plus difficile de rassembler tous nos esprits et de garder en ligne de mire ce que nous devons faire. Je crains que notre notion du temps n'en soit également perturbée.

Écrire ces lettres pour toi m'aide. Je me souviens toujours de ton sourire et de tes yeux malicieux, mais certains visages se sont perdus pendant ma deuxième séance ; le miroir s'étant brisé en plusieurs endroits…

Pourtant je ne cesse de voir ces derniers jours le visage de George. J'ai l'impression qu'il essaie de nous atteindre, de nous dire quelque chose, mais tout est bien trop flou, bien trop lointain…

À mon toi, mon amour.
Julie

Lizetha,

Il semblerait que nous soyons condamnées.

J'arrive à peine à tenir ce crayon entre mes mains, leurs médicaments me plongent dans un monde de béatitude et de calme où le passé se mêle à des illusions, des rêves. Hier soir encore, la vision d'une petite fille dans le jardin, près du labyrinthe me semblait être réel, mais je réalise ce matin que ce n'était qu'un tour, une fois de plus, de ces drogues qu'ils nous obligent à prendre.

Je commence à me dire que nous sommes perdues.

Revoir le visage de James m'a bercé d'illusions, et celui de Benjamin m'a heurté à la réalité.

J'avais pourtant espoir en ce Benjamin, je pensais qu'il essayerait de faire quelque chose, de nous retirer de cet endroit malsain. Trop de jours se sont malheureusement écoulés sans aucune nouvelle de sa part.

J'ai cru avoir aperçu, au détour d'un couloir, l'autre jour, un homme dont l'apparence était bien semblable à notre ennemi, le responsable de notre venue ici ; Thomas Coven. Était-ce une fois de plus un fantôme de ma mémoire ?

Même le visage de votre George semble me hanter à présent, je ne cesse de le voir lorsque je ferme les yeux, dans les moments les plus sombres de mes vaines réflexions.

Déambuler dans ces couloirs me renvoie à notre état qui se dégrade de plus en plus, il m'arrive de m'écrouler sans aucune raison, mes jambes ne me portant plus du tout. Et vous voir dans pareil état, bien loin de moi, me terrifie. J'ai peur que votre esprit ne soit plus atteint que le mien, au vu de ces nombreuses choses qui doivent vous paraître bien incongrues. Mais je sais, je suis certaine que votre esprit est bien plus fort que le mien.

Vous écrire en cet instant me remplit de terreur, car je ne sais si j'aurais une réponse de votre part. Je continue à errer dans cette demeure à la recherche d'indices, quelque chose qui nous indiquerait que nous ne sommes pas seules à nous battre pour retrouver notre chez nous. Quelque chose qui pourrait nous y ramener.

Mon amie, gardez la tête haute, je tenterai tout pour faire de même.

Julie.

Ma bien tendre Julie,

Je ne sais comment vous le dire, mais votre état est bien plus triste que le mien. Je parviens sans problème aucun à garder la tête haute et ancrée dans la réalité. Je puis ainsi vous confirmer que votre regard s'est bel et bien porté sur une véritable jeune fille au côté du labyrinthe, elle n'est autre que notre Annabelle.

Sa vision, à plusieurs reprises depuis la terrasse extérieure, m'a à nouveau bercée d'espoir, même si je craignais qu'en m'en approchant, elle ne disparaisse à tout jamais.

Ce n'est qu'hier, dans l'après-midi, alors que les infirmiers s'occupaient d'une patiente violente que je pus sans problème me rapprocher du dédale pour m'assoir sur ce banc de pierre si commun. Annabelle s'est alors montrée à moi, me délivrant un message de la plus haute importance que je vous livre sans tarder ;

Mon George livre une bataille acharnée pour nous délivrer de cet enfer. Mais nous devons prendre à garde à tous ceux qui nous entourent, il semblerait que ce monde ne soit en rien une réalité, mais plutôt un songe dans lequel nous serions plongées.

Vous avez bien compris, ma douce Julie, nous ne sommes pas seules, vous devez rester forte.

Alors que ces premières lignes d'écriture vous rassurant venaient d'être achevées, une autre nouvelle me parvint, à travers des cris résonnant dans les couloirs. Je m'en rapprochais alors afin d'en savoir la teneur et je fus surprise de découvrir Benjamin, en proie aux gardes.

Alors qu'ils prenaient la direction de la grande porte, je décidais de faire de même, plus rapidement afin d'entrer en contact avec lui. Au-devant, je me précipitais vers les grilles de fer en passant par un petit chemin où les arbres et arbustes non entretenus me dissimulaient.

Une fois qu'il fut jeté sans aucun état d'âme à l'extérieur, je murmurais son nom dans l'espoir qu'il m'entende, ce qu'il ne tarda pas à remarquer.

— Benjamin ! Benjamin, je suis Lizetha, dites-moi ce qui vient de se passer.

— Lizetha, je suis venu pour libérer ma femme de cet établissement, mais il semblerait que cela me soit impossible. Même si elle demeure sous ma responsabilité, il apparaîtrait que le directeur Coven ait mentionné une sorte de subterfuge dans le dossier que j'ai signé lors de l'internement de Julie. Un vice qui exclut totalement mes droits à la retirer d'ici. Je ne sais plus quoi faire…

— Benjamin, je dois savoir si vous croyez ce que Julie vous a dit.

— Sur le fait que vous veniez du passé et elle du futur ? Ça a l'air totalement dingue, mais d'une façon que je ne peux pas expliquer, je sens qu'elle n'est pas ma Julie, et je souhaite retrouver celle que j'ai épousée. Et si pour ça je dois vous aider, je le ferais.

— Elle a eu raison de vous faire confiance, Benjamin. Mais je ne pense pas que vous pourriez y arriver seul, vous devez entrer en contact avec James, mon frère dans ce monde. Mais avant de tout lui dire, vous devez essayer de savoir ce qu'il sait de cette demeure, du labyrinthe. La famille DeMats est depuis des siècles la gardienne de ce patrimoine, il doit en être ainsi également en ce temps.

— Qu'attendez-vous de moi après cela ?

— S'il connaît véritablement le secret qui entoure GrandArmour alors la vérité que vous lui conterez sur Julie et moi, ne lui semblera pas farfelue du tout et il vous aidera en retour. James DeMats doit reprendre les rênes de GrandArmour et perpétuer le rang qui lui est dû. Mais vous devez faire vite, je crains que le traitement qu'ils nous infligent ne soit trop contraignant pour Julie.

— Dites-moi qu'elle va bien, Lizetha, je vous en prie.

— Elle ira bien mieux quand elle sera sortie d'ici.

Je dus malheureusement écourter notre conversation, car j'entendais déjà le personnel s'égosiller à crier mon nom. Benjamin me certifia une dernière fois qu'il ferait tout pour nous aider avant que je le quitte et retourne près du chemin où j'étais enfin visible pour tous. Récoltant rapidement un bouquet de fleurs, je donnais l'excuse de vouloir trouver des roses.

Mon petit écart ne fut guère sanctionné, l'on me ramena seulement dans ma chambre où je pus terminer cette lettre à votre égard.

L'espoir ne doit jamais être perdu, Julie.

Je vous laisse sur ces quelques nouvelles, en espérant
que votre état s'améliore.

Bien à vous,
Votre Lizetha.

Lizetha,

Je me bats chaque jour pour regagner du terrain, mais j'ai comme la sensation de voir errer ce Thomas Coven plus près de moi encore.

Vos nouvelles me sont réconfortantes, et vous savoir en plus grande forme que moi me réjouit. Je ne pensais pas me retrouver dans un tel état aussi rapidement.

Savoir qu'Annabelle vous a apporté des nouvelles de George m'a apporté une sorte de regain d'énergie. J'avais peur qu'il ne puisse rien faire pour nous, même si je suis consciente que nous devons à présent faire de notre mieux pour l'aider.

Il faut que je retrouve cette pierre, mais après avoir rencontré Orya et être retournée dans mon monde, je ne me souviens de rien. Ma blessure était plus grave que je ne le pensais. Il m'avait semblé pourtant m'être réveillée et avoir rebâti une nouvelle vie après cette bataille, mais aujourd'hui je m'aperçois que ce n'était qu'un rêve, ou peut-être même, le début de cette illusion.

Votre traitement est-il identique au mien ou cherche-t-on à tout prix à me détruire à petit feu afin que je livre des secrets que je n'ai pas en ma possession ?

Je crois avoir eu la réponse aujourd'hui, lorsque l'on vint me chercher pour une entrevue privée avec le directeur. Rien que son nom énoncé me fit frissonner.

Deux infirmiers plus costauds que d'ordinaire me traînèrent sur une chaise roulante avant de me faire entrer dans un bureau qui n'avait en rien l'allure des autres pièces métamorphosées du manoir. Au contraire, celle-ci avait encore l'âme de GrandArmour, même si les tableaux aux murs ne représentaient pas la famille ayant possédé ces lieux. Sur chaque toile, toutes plus démesurées les unes que les autres s'affichaient des regards bien sombres. La famille Coven au grand complet régnait sur cette décoration au plus haut point égocentrique. Les hommes me laissèrent devant le bureau que je reconnus comme étant celui de George, la description dans une de vos lettres me revenant parfaitement. C'est alors qu'une fois la porte refermée, la chaise pivota pour me laisser voir ce Thomas Coven, semblable à notre dernière entrevue. Son sourire plus malsain que jamais. Son regard perçant me dévisageait de haut en bas, jusqu'à ce qu'un rictus grossier passe sur ses lèvres quand il vit les cicatrices que laissait la thérapie de choc, qu'il avait obligatoirement lui-même prescrite à notre encontre.

— Vous êtes satisfait ? demandai-je immédiatement sans lui laisser le temps d'entamer un discours saignant et triomphant, ce qui eut lieu de lui enlever ce sourire répugnant.

— Je ne m'attendais pas à ce qu'une jeune femme, inconnue de la famille DeMats ait un destin plus important que la famille elle-même concernant les pierres. Je dois bien avouer que je fus assez surpris de vous voir les tenir entre vos mains avant de disparaître. Vous avez eu le grand honneur d'entrer dans le monde d'Orya et vous l'avez détruite !

— Vous vous êtes trompé sur mon compte depuis le début si vous me preniez pour une simple inconnue sans aucun lien avec les DeMats, sifflai-je. Vous vouez un culte à une déesse, mais vous n'avez aucun intérêt pour elle.

— C'est ce que vous croyez, une divinité qui n'aurait aucun intérêt à avoir des serviteurs ? Orya et moi sommes liés, tout comme vous êtes liée à elle. À présent, je n'ai plus vraiment de temps à perdre, vous m'avez assez amusé, et puis je dois dire que cette Lizetha est bien plus résistante au traitement que vous et cela me las. Dites-moi où est la pierre !

— Ne croyez-vous pas que si je l'avais en ma possession je m'en serais déjà servi pour partir de cet endroit que vous avez monté de toute pièce ?

— C'est donc là ce que vous croyez de ce monde, que ce lieu est de mon fait ? Ha Ha Ha ! Vous êtes encore plus naïve que je le pensais. Vous croyez peut-être après avoir vu ce qui découle du pouvoir de la pierre, que notre monde, celui où vous êtes née, celui où tout a commencé, est le seul existant ? Vous me décevez, Julie, je pensais qu'après tout ce que vous aviez vu, vous vous en seriez rendu compte ; votre mari, votre James devenu frère de cette Lizetha alors que la vôtre devrait être morte depuis longtemps…

— Tout ceci n'est qu'illusion ! Un mensonge de votre fait ! Rien de plus !

Il laissa s'installer un léger silence, tout en se levant de son fauteuil pour se placer face à moi, où il s'appuya contre le bureau. De nouveau, il arborait ce sourire prétentieux.

— Sachez, Julie Davons, reprit-il calmement, que je n'ai pas besoin d'un tel subterfuge pour obtenir ce que je veux. Notre arrivée dans ce monde est de votre fait, vous avez récupéré la pierre en passant une des portes du temps, vous nous avez envoyés ici, et c'est à vous de nous ramener à présent. Et pour cela, nous avons besoin de la pierre.

— Je ne l'ai pas !

— S'il vous faut plus d'électrochocs pour vous rappeler, alors vous en aurez !

— Ce n'est pas en me torturant que vous aurez vos satanées réponses ! Regardez autour de vous ! Si ce que vous dites est vrai concernant cet endroit et que vous voulez le quitter tout comme nous, ce n'est pas en nous traitant de la sorte que vous arriverez à vos fins !

— J'en ai assez entendu ! Donnez-moi la pierre !

— Je crains, monsieur Coven, que votre sort demeure entre mes mains, la peur qui se lit sur votre visage trahit vos véritables intentions. Je désire tout comme vous sortir de cette prison et pour cela vous n'avez pas d'autre choix que de vous allier à nous ! Et je peux vous certifier que ces électrochocs ne font que détruire le peu de souvenirs que nous avons ramené avec nous !

— Dois-je vous rappeler que nous sommes en guerre dans ce monde, mademoiselle Davons, et qu'il semblerait que l'issue que nous connaissons tous deux ne soit pas la même ici. Le temps nous est compté !

— Alors faites-nous sortir d'ici !

— Nous ne le pouvons pas. Nous sommes coincés entre ces murs, entre ces grilles ! Tout se déroule ici, mademoiselle Davons, tout est lié à ce labyrinthe.

— Alors aidez-nous au lieu de vous battre contre nous ! Nous avons le même but.

— Hélas, je ne puis accéder à votre requête ! Vous devez savoir que nous ne jouons pas dans la même cour, Orya ne vous pardonnera jamais ce que vous avez fait ! Je ne peux malheureusement me permettre de vous ramener avec moi !

— Vous pensez que c'est en tenant ce genre de discours que je vous donnerai la pierre si jamais je la retrouve ?! Vous êtes encore plus fou que toutes ces personnes enfermées ici !

Thomas contourna son bureau et se dirigea vers la baie vitrée. Son regard passa sur moi puis se fixa sur le labyrinthe, avant qu'il n'entonne d'une voix pleine d'espoir :

— Il me semble que je n'ai plus qu'à attendre désormais.

Sur cette dernière phrase, les deux infirmiers me firent sortir violemment du bureau, et me ramenèrent près de ma chambre, m'abandonnant presque, là, au milieu des couloirs.

Ce Thomas surveille bien nos faits et gestes dans les moindres détails, ce que nous pensions n'être que répits et moments opportuns laissés sans surveillance de nos bourreaux, nous laissant place au labyrinthe, n'en étaient guère. Tout ça est organisé depuis le début, depuis notre arrivée.

Si les informations qu'il m'a données sont à prendre au pied de la lettre, il semblerait que nous ne pouvions sortir de cet endroit sans conséquence. Je ne pense pas qu'il aurait été utile de sa part de mentir à ce sujet.

Qu'en pensez-vous Lizetha ?

En tout cas, si cela est vrai, je ne sais pas comment les James et Benjamin de ce monde pourraient nous aider…

Regagnant mes quartiers, dans l'espoir de me reposer un peu, leur médication me fatiguant beaucoup, j'eus la surprise d'avoir la visite du Dr Lietkov.

— Madame D'Orcourt, je suis content de voir que vous avez repris un peu d'énergie.

— Je ne dois pas cela à vos médicaments ou à vos séances d'électrochocs.

— Je viens de parler avec le directeur, il semblerait que ces traitements que vous considérez nocifs aient agi positivement sur votre santé. Vous avez retrouvé la parole et vos esprits. Le directeur m'a fait part de l'annulation de votre electroconvulsivothéraphie ainsi que de celle de Mademoiselle DeMats, qui semble, elle aussi, allée bien mieux.

— Pourquoi êtes-vous ici, dans ce cas, Dr Lietkov ?

— Pour déterminer si je dois suivre ou non ce que veut le directeur. Voyez madame D'Orcourt, monsieur le directeur n'est en rien médecin, il n'a aucune autorité pour engager seul une procédure de réhabilitation qui entraîne une réduction des traitements sur le patient jusqu'à son sevrage complet et la possibilité de le voir retrouver le chemin de la liberté dans le vrai monde, au-delà de ces grilles. Vos dernières explications sur votre oubli total de ce qui s'est passé avec les soldats allemands est quelque chose de très banal après avoir subi un traumatisme aussi important que le vôtre et celui de la jeune Lizetha. Cependant, votre correspondance dernière nous a paru, à mes collègues et à moi-même, bien plus perturbante. Je suis ici pour comprendre, et pour vous aider à regagner cette liberté.

— Cette correspondance comme vous dites, est du fait du directeur. Il lui semblait important que nous communiquions, Lizetha et moi-même afin d'évacuer notre souffrance. Le sujet et la forme ne sont dus qu'à notre imagination comme vous y avez fait référence à plusieurs reprises. Le labyrinthe assez imposant que nous voyions chaque jour a été le déclencheur. Nous savons que tout ce que nous avons écrit n'est en rien réel. Nous nous sommes données un passé commun, pour nous décharger de la douleur qui pèse encore dans nos cœurs.

Je dois avouer que je ne sais pas du tout où je suis allé chercher tout ça. Mettre cette correspondance sur le dos de Coven était un coup de bluff que je devais tester afin de savoir s'il était bien de notre côté et s'il désirait réellement se sortir de ce pétrin avec nous. Quoi qu'il en soit, l'arrêt du traitement et la diminution de nos soins sont déjà une avancée énorme dans notre plan de fuite.

Ce Dr Lietkov semble cependant mettre en doute mes dires, vous devez tenir pareil discours si jamais il venait à vous questionner à votre tour. Il est important que nous ne cessions de communiquer sur nos journées ainsi que sur nos échanges, même quelconques, avec les employés de cet asile.

Jamais je n'aurais cru à avoir à dire ça un jour, moi dans un asile, c'est vraiment la pire chose qui pouvait nous arriver…

Enfin, je reprends courage et force.
Julie.

Ma chère Julie,

Je vous retrouve enfin.

Nous avons beaucoup à faire pour sortir d'ici. J'eus moi-même la visite de ce Dr Lietkov le jour même de votre entrevue. Une chance que nos idées se rejoignent si facilement. Mon esprit semble en accord avec le vôtre et inversement.

Après toutes ces interrogations je lui ai tenu discours, à peu de choses près, semblable au vôtre, lui racontant que notre échange était une façon d'appréhender ce que nous avions vécu et ainsi aller de l'avant. Il ne me posa nulle autre question et approuva ma réponse en me confirmant que notre traitement d'électrochoc était bien terminé et que le dosage des gélules allait être diminué.

Je suis bien aise de savoir que nous recouvrirons rapidement nos esprits et notre énergie afin de nous battre.

J'ai attendu longuement, dans la journée d'hier et aujourd'hui, le retour de Benjamin, patientant à l'avant du manoir non loin des grilles. Cueillir des fleurs et écouter les oiseaux chanter, me ramène à mon époque, et je dois dire que cela me fait du bien.

Malheureusement, je ne reçus nulle visite de Benjamin.

A-t-il décidé de revoir notre histoire, la plaçant dans ce contexte qui est pour lui la réalité ? Ou, a-t-il simplement eu peur d'en parler avec James ?

Ces deux journées me parurent bien longues, car outre le fait que personne ne vint, je ne pus patienter devant le labyrinthe pour avoir des nouvelles d'Annabelle.

Et bien que ces deux jours furent paisibles, voir ces patientes atteintes d'un mal incurable me trouble profondément.

Alors qu'une fois de plus je me promenais dans ces mornes corridors, vous voir à nouveau sur vos pieds et apercevoir bien que furtivement un sourire sur votre visage, me saisit de bonheur. Cette journée me semblait être de bon augure, si bien que je tentais de me rendre près du labyrinthe. Après tout, si ce Benjamin devait venir, il parviendrait sûrement à entrer suite au revirement de Thomas Coven, enfin déterminé, lui aussi, à sortir de ce guêpier.

Affrontant les regards désorientés et l'hostilité prononcée de certaines patientes, je traversais les jardins, d'un pas calme et assuré, gardant mon objectif en vue et allais m'assoir sur le banc de pierre. Ma première envie fut sans nul doute de crier le nom d'Annabelle afin qu'elle sache, sans tarder, mon retour, mais je me retins surtout lorsque j'aperçus au balcon Thomas Coven m'observant avec attention. Je ne voulais en aucun cas lui donner quelconque information parvenant du labyrinthe.

Je me contentais d'attendre, entonnant une petite mélopée, qui j'espérais, serai suffisante pour la faire venir. Cependant, je m'aperçus rapidement que le temps, comme à son habitude lorsque Orya approchait, entamait un changement rapide, remplaçant le ciel bleu et la chaleur caniculaire par de lourds nimbus noirâtres, rétrécissant cet espace infini en un supplice infime.

Son cri s'éleva du dédale, comme une lamentation promettant d'écrasantes répercussions. Alors qu'au loin, les aides-soignants et autres employés entraînaient déjà tout patient à l'intérieur du manoir, je vis arriver en trombe Thomas Coven là où je me tenais, presque paralysée par la peur. Je vous suppliais intérieurement d'arriver à vous défaire de ces infirmiers et de venir à mon aide, bien que je que sus au fond de moi que cela était fort inutile.

Coven s'approcha à grandes foulées, je le voyais déjà se jeter sur moi et m'offrir en pâture à cette Déesse d'un autre temps, une chance que ses actes furent totalement différents. Certes, il se jeta sur moi d'une force non mesurée, mais cela fut pour m'éloigner le plus possible de ces tentacules qui prenaient forme, s'arrachant des écorces ; branches et racines prenant vie.

— Relevez-vous ! hurla-t-il, me tirant par le bras, essayant vainement de me faire reculer. La pluie tombait en une averse puissante, détrempant l'herbe, transformant ce champ en une marre de boue, infortune calculée.

Plus je tentais de me lever et plus je m'embourbais. Thomas, une épée à la main, se débattait comme il le pouvait contre ces articulations surnaturelles, jusqu'à ce que je me souvienne de la première fois où je touchai cette divinité au sein du labyrinthe. Elle qui ne pouvait visiblement quitter cet endroit. Une fois bien debout, sans panique aucune, je m'approchais de la créature dont les appendices ne cherchaient apparemment à s'en prendre qu'à Thomas, me laissant ainsi libre de m'approcher du visage élégant et flamboyant qui se manifestait parmi ces plantes automates. Je lus dans ses yeux une crainte, sensation qu'elle ne devait que très rarement connaître. Un bras tendu vers elle, je continuais mon approche jusqu'à atteindre cet espace laissé sans défense. Mes doigts effleurèrent des flammèches neutres s'éteignant presque à mon contact. Les branches se rétractèrent promptement sous un nouveau cri perçant de l'idole.

Me retournant vers Thomas, je le vis observer avec stupéfaction ce preste retournement de situation.

Il apparaît à présent que le destin de Thomas est entre nos mains ; sa divinité paraissant on ne peut plus courroucée à son égard.

N'ayant tout de même pas l'habitude d'être secourue de la sorte par un inconnu, je finis par le remercier de son appui.

— Comment avez-vous réussi ça ? Renvoyer Orya en la touchant simplement ?

— Je ne sais pas, monsieur, répondis-je le plus honnêtement du monde.

— Mais vous saviez que ça fonctionnerait, n'est-ce pas ?

— Je suis déjà entrée en contact avec elle, à mon époque, dans mon monde, sa réaction fut des plus vives, j'espérais que cela se reproduirait, sans certitude aucune. Permettez-moi de vous demander pourquoi cette intervention impromptue ?

— Je dois bien admettre que je n'en sais rien, répondit-il, baissant quelque peu sa garde. Vous voir engloutie dans ce dédale m'aurait sans doute paru cruel... À dire vrai, se reprit-il soudain, refermant son visage dans sa colère habituelle, je ne sais pas ce qu'il serait advenu de nous si vous aviez disparue là-dedans.

— Votre geste de galanterie n'était donc que pur égoïsme ?

— Il se peut, en effet, lâcha-t-il d'un air de dédain, essuyant avec frénésie ses vêtements. Veuillez rester à l'écart de ce labyrinthe, à présent.

— Navrée, mais je ne pense pas répondre favorablement à cette demande.

— Vous comptez donc abandonner votre amie en rejoignant les morts ?

— Vous avez pu voir par vous-même que si cette Orya revenait, je saurais me défendre.

— Pourquoi tant d'intérêt face à cet amoncellement verdâtre ?

— Cela ne vous regarde en rien.

— Bien au contraire, chère madame DeMats, il semblerait que vous en sachiez un peu plus que votre amie dans cette histoire, aucune crainte ne se lit sur votre visage. Si vous avez des informations, partagez-les.

— Je crois que nous devrions remettre cette conversation à plus tard, répondis-je en lui montrant du menton, une troupe de soldats s'approchant de notre position.

Son regard se fit encore plus sombre, mais il ne cherCha pas à en savoir davantage tout de suite. La venue de ces hommes semblait le terrifier. Et pour être complètement honnête, ils me terrifiaient également.

Ces hommes, dirigés par un supérieur qui paraissait encore plus froid que notre ami Thomas, s'inquiétèrent de l'affolement qu'avait généré le cri entendu par-delà le quartier tout entier.

Thomas répliqua avec une certaine arrogance qu'ils se trouvaient dans un asile, et que cela arrivait plus souvent qu'ils ne l'entendaient. Il me présenta comme la femme responsable de ce hurlement, et je dus malheureusement jouer le jeu afin de nous protéger tous trois.

Il assura au capitaine de la garnison que mon état était stable, mais qu'une frayeur soudaine à la suite d'une ombre vue dans le labyrinthe m'avait fait sortir de mes gonds.

Cet allemand, que je pus décrire de la sorte en reconnaissant bien l'accent qu'il avait, me demanda comment j'allais, et me questionna sur la présence dans le labyrinthe. Répondant évasivement, je lui certifiais qu'après réflexion qu'il s'agissait sûrement d'un animal, et que je m'en voulais d'avoir réagi aussi subitement.

Cette étrange situation expliquée, chacun regagna sa place, une fois que Thomas eût certifié que le labyrinthe était bel et bien clôt et qu'aucun humain ne pouvait y pénétrer.

C'est à ce moment-là, ma chère Julie, que je vous retrouvais dans la grande salle de GrandArmour où toutes les patientes étaient regroupées.

Vous n'avez sans doute pas manqué le regard que porta le Dr Lietkov à Thomas qui se dirigea immédiatement à l'étage dès notre arrivée. Il semblerait que nos ennemis changent de visage au fur et à mesure que les jours avancent, et que nos alliés soient là où nous ne les attendions pas.

Voici donc le récit de cette folle mésaventure, qui je dois dire, change bien la donne.
Si Orya est enfermée dans le labyrinthe, je suis désormais certaine que la pierre ne s'y trouve pas.

Partagez rapidement avec moi votre pensée à ce sujet, je vous prie.

Bien à vous, ma tendre Julie.
Votre Lizetha.

Lizetha,

Je ne pus attendre plus longtemps, après lecture de votre lettre, pour trouver Thomas dans son bureau.

Alors que je m'engageais discrètement dans les couloirs et empruntais l'escalier, je dus me faire plus invisible encore lorsque les deux infirmiers costauds s'avancèrent dans ma direction.
La seule solution qui s'imposa à moi pour les éviter fut de grimper deux par deux les marches menant au grenier. Un endroit qui m'était totalement inconnu. Une fois à l'étage, vous vous doutez bien que ma curiosité me poussa à explorer un peu plus les lieux, dans l'espoir de, peut-être, trouver un détail, un petit quelque chose de familier qui nous aiderait à rentrer chez nous.

J'avais toujours imaginé ces combles comme lugubres, plongées dans les ténèbres, où grincement et bruits sinistres viendraient agrémenter un espace étouffant et poussiéreux. Mais je ne trouvais nullement cela. Bien au contraire, tout y était lumineux et remarquablement bien rangé. On aurait dit un étage semblable aux autres et nullement un grenier.

J'y passais, par conséquent, plus de temps que prévu, observant les tableaux aux murs, remarquant pour la première fois ce Thomas Coven dans des représentations qui n'étaient en rien celles de sa famille. Mon étonnement fut des plus grands, lorsque je reconnus un visage enfin familier au milieu de cette multitude de portraits. George, bien qu'adolescent, avait le même visage autoritaire et mystérieux que je lui connaissais, sur le tableau accroché chez James. À ses côtés, se tenait Thomas, tous deux étaient vêtus de manière identique. Je me rappelais alors avoir lu dans une de vos lettres, Lizetha, que George et l'ancêtre de Thomas avaient suivi leur scolarité dans le même établissement. Mais la ressemblance de ce Coven du tableau avec Thomas, était plus que frappante.

« Avez-vous trouvé quelque chose d'intéressant, Miss Davons ? »

Cette phrase, prononcée d'une voix grave et dure dans mon dos, me fit sursauter, au point que j'en renversais un vase posé sur l'une des commodes. Thomas, d'un geste rapide et bien adroit s'en empara avant qu'il ne touche le sol.

— Il semblerait que vous ayez des explications à apporter, m'enquis-je avec une certaine arrogance, afin qu'il ne s'aperçoive pas de l'état d'inquiétude dans lequel je demeurai face à cette venue indélicate.

Son sourire en coin indiqua cependant qu'il savait pertinemment qu'il m'avait fait une peur bleue, et le rendit pour une seconde seulement, presque humain.

— Je crains, mademoiselle Davons, de devoir signaler votre fuite de votre chambre, Dieu seul sait ce que le Dr Lietkov prévoira pour venir à bout de cette curiosité mal placée dont vous faites part depuis votre arrivée.

— Ne jouez pas au bon petit directeur, cela ne vous ressemble pas. Et puis, il me semble que nous avons dépassé cela, non ? Votre intervention pour sauver Lizetha n'était en rien égoïste, est-ce que je me trompe ?

— Vos hypothèses sont des plus extravagantes.

— Vous n'admettrez jamais, n'est-ce pas ? Vous ne laisserez aucune faiblesse vous trahir, mais c'est un peu trop tard pour ça.

Son regard me transperça après cette dernière phrase, comme si c'était une sorte de révélation ; son point faible exposé. Il s'avança furtivement vers moi, à tel point que je fus contrainte de reculer tant son apparence m'effrayait soudain. Son aura était semblable en cet instant à celle qui enveloppait Orya lorsqu'elle m'apparut dans son monde.

Je n'avais plus de doute sur ce que Thomas pouvait être.

— Votre outrecuidance, mademoiselle Davons, ne vous sauvera pas de votre couardise. Restez à votre place, vous outrepassez vos droits. Vous venez d'entrer dans la cour des grands, comportez-vous comme tel !

— Votre présence ici n'est pas une coïncidence, c'est une punition, murmurai-je, baissant intentionnellement mon regard vers le sol, de peur de recevoir la foudre de cet homme qui en réalité était bien plus qu'un simple mortel.

Reculant de quelques pas, je sentais toujours son regard sur moi, mes réflexions l'avaient considérablement atteint.

Est-ce que Thomas Coven, et la représentation de son ancêtre, Edouard Thomas Coven, n'étaient finalement qu'une seule et même personne ? Un homme connaissant l'existence de la pierre depuis le début, un homme qui vouait sa vie à Orya depuis des siècles.

Mais était-il un simple homme, comme vous et moi ou un être supérieur comme Orya ?

Je me retrouvais rapidement seule avec mes pensées dans ce grenier devenu tout d'un coup bien trop sombre. Je fouillais alors bien plus l'endroit, les portraits étaient un détail important, peut-être trouverai-je d'autres indices qui conforteraient ma vision actuelle des événements. Après une recherche minutieuse, il s'avéra malheureusement que rien de plus ne put justifier ce que je pensais de Thomas.

Je décidais, à contrecœur, de descendre rejoindre ma chambre, mais lorsque j'atteignis le premier étage, fixant l'opposé du couloir, je remarquais que la porte du bureau de Thomas était grande ouverte.

Était-ce une invitation ou simplement un oubli ?

Une fois de plus, poussée par ma témérité, ou ma bêtise, je me ruais vers cette pièce, où je fis un arrêt prudent avant de franchir l'encadrement. Thomas se trouvait sur la terrasse, fixant le labyrinthe. Je le rejoignis lentement, regardant à mon tour ce dédale infernal.

— Vous souvenez-vous du sous-terrain, Julie ? De la profondeur de ses entrailles ?

— Oui, comment l'oublier…

— Nous sommes toujours à l'intérieur. Nous n'en sommes jamais sortis… C'était une des conséquences de votre courage. En gardant la pierre, vous nous y avez enfermés. Une donnée que je ne connais que trop bien. La seule chose que j'ignore, c'est pourquoi cette femme, cette Lizetha, se trouve parmi nous…

— Elle est la gardienne, répondis-je doucement, son destin est de protéger les pierres quoiqu'il arrive.

— Alors la pierre du temps est ici.

— C'est probable. Mais où, nous ne le savons pas…

Je laissais s'installer un court silence avant d'enchaîner :

— Edouard et Thomas ne forment qu'un seul et même être, n'est-ce pas ?

— En effet, souffla-t-il, comme s'il se libérait enfin d'un lourd secret.

Toute animosité avait disparu de son visage, il ne restait là qu'un homme épuisé, au regard mélancolique.

— Qu'êtes-vous ? m'enquis-je à voix basse, pour ne pas le brusquer.

— Un immortel, tout comme vos parents. Nous sommes les serviteurs d'Orya.

« *Comme mes parents…* » cette révélation faite sans réellement en être une, me laissa sans voix de longues secondes pendant lesquelles mon regard se perdit dans l'immensité du ciel étoilé qui me submergeait à présent…

Mon lien avec cet homme, depuis le début, était tout simplement sous mes yeux. Comment aurais-je pu croire que mes parents avaient été du côté de la famille Coven, alors que ma mère travaillait pour les DeMats ?

— Une espionne, dit-il comme s'il avait suivi le cours de mes pensées. Une espionne travaillant pour mon compte qui s'est entichée de mon bras droit avant que tu n'arrives. Quand Anna est tombée enceinte, Patrick a décidé de quitter son rang et de fuir loin de ses responsabilités. Leur mort m'a profondément touché.

Comment… comment tout cela était possible ? Mes jambes me lâchèrent un moment, je m'affaissais sur le sol de dalles de la terrasse, les yeux embués. Je venais de plonger dans un cauchemar. Petit à petit, de nombreux souvenirs refaisaient surface, comme si je les avais toujours bloqués afin de me dissimuler la vérité. Même après ceux qui me furent redonnés au manoir, il en restait encore qui ne voulaient faire surface…

Mais au fond de moi, je le savais. La marque, cette marque que ces hommes possédaient, mon père l'avait aussi. Voilà en quoi elle m'était familière, voilà en quoi je ne voulais pas croire.

Mais maintenant, tout était clair, tout était limpide. Je faisais moi aussi partie de l'héritage des Coven, je faisais partie de cette noble lignée des serviteurs d'Orya.

Comment me décrire alors aujourd'hui ?

Comment être gardienne du labyrinthe et servante d'Orya ?

Je me relevais lentement, sans grande motivation, partagée entre l'envie de me défouler sur lui et de courir me réfugier dans vos bras…

J'optai pour le calme et partis retrouver ma chambre, je devais à tout prix me reconcentrer sur toutes ces vérités.

C'est alors que cette nuit me parut bien plus épouvantable que toutes les autres jusque-là. Voici ma mésaventure, je ne sais pas ce que vous allez en penser. Je ne sais, moi-même, pas ce que je devrais en penser.

Je n'ai jamais eu aussi peur de toute ma vie. Je ne pourrais dire si ce que j'ai vu était bien réel, ou si cette vision d'horreur n'était qu'une réaction violente à cet environnement malade.

C'était le milieu de la nuit. Je dormais profondément quand un cri aigu vint perturber mon repos. Redressée sur mon lit, je tendis l'oreille à l'affût du moindre bruit, c'est alors que je m'aperçus que la porte de ma chambre était grande ouverte alors qu'habituellement ils nous enferment, n'oubliant jamais de verrouiller les portes. Je me levai doucement, hésitante à poser pied à terre, dans l'idée que si je le faisais, l'on m'attraperait les chevilles pour me traîner sous le lit. J'en déposais un premier sur le carrelage gelé, avant d'y mettre le second. Rien ne se passa. Je marchai jusqu'au couloir, vérifiant qu'il était bien vide et me précipitait à votre porte de chambre. Un regard par la lucarne m'indiqua que vous dormiez d'un sommeil profond. C'est alors que la lumière se coupa au moment où l'orage gronda.

En face de moi se tenait une femme, une femme effrayante. Au début, je ne vis qu'une silhouette ténébreuse se tenir à quelques mètres, puis je découvris son visage lorsque la foudre frappa le jardin, offrant pendant une seconde sa lumière. Je découvris là un visage terrifiant. Ses yeux démesurés, écarquillés, me fixaient intensément ; cela me glaça le sang. Sa masse de cheveux ébouriffés me faisait penser à la tête de Méduse ; recouverte de serpents. Plus l'orage tonnait, et plus j'avais peur. Je reculais alors dans l'espoir de regagner ma chambre et de m'y enfermer pour échapper à cette vision digne d'un film d'horreur. Mais je sentais que chaque centimètre effectué en arrière s'accompagnait de son avancement.

Cette allure digne d'un spectre était accentuée par le fait qu'elle donnait l'impression de flotter, se mouvant facilement sans même bouger les jambes. La peur que je ressentis à ce moment me paralysa presque sur place, je sentais ma fin arriver. Une douleur intense me traversa l'estomac, je frissonnais de la tête au pied. J'aurais tout donné pour retrouver mon lit inconfortable, et me cacher sous mes couvertures désuètes…

Une fois de plus la foudre frappa, la femme glissa rapidement vers moi. L'effroi me saisit, je me laissai tomber à genou sur le sol, les bras et les mains autour de mon crâne et de mon visage pour me protéger. Mais me protéger de quoi ? De la mort elle-même ? Je n'avais aucune chance…

Quelques secondes passèrent, pendant lesquelles je m'enfermais dans le noir, les yeux recouverts de mes mains. Rien ne se passa. Je décidais donc de les rouvrir, tout ceci n'était qu'une illusion, un effet pernicieux de cette médication arbitraire. Desserrant mes doigts, me pensant saine et sauve, je sursautais comme jamais je n'avais sursauté, croyant même que mon cœur allait s'arrêter de battre, lorsque je vis le visage de cette femme à quelques centimètres du mien. Ses globes oculaires ressortaient de ses paupières, je pouvais y voir les flammes de l'enfer brûler dans ses iris d'un blanc nébuleux. La peau de son visage moisissait, et quelques fissures me laissaient apercevoir sa chair putride en dessous. Elle n'était plus vivante… Sa bouche grande ouverte me montrait des dents acérées et noirâtres, son haleine fétide m'envahit lorsque je repris ma respiration. J'avais cette impression d'avoir respiré un gaz hautement toxique qui se répandait à l'intérieur de mon corps, se faufilant à travers mon sang, me brûlant de l'intérieur, avant de me faire suffoquer.

Je perdis connaissance là, au milieu du couloir, sur le sol glacé.

Au petit matin, je retrouvais mes esprits, allongée dans mon lit, dans ma chambre. Tout ceci n'était-il qu'un rêve extraordinairement réaliste ?

Qui pourrait bien le dire ? Qui pourrait bien le confirmer ?

Plus je repense à cette femme et plus mon cerveau me dit qu'elle ne m'est pas inconnue. Mais où l'ai-je déjà vu ? À GrandArmour à mon époque ? En France ? Dans les journaux ?
Avait-elle bien un air de ressemblance avec cette déesse qui nous a envoyé ici ? Cette Orya maudite ?

Je dois me rappeler à tout prix de ce à quoi elle ressemblait. Avec ces électrochocs, une partie de mes souvenirs se sont envolés. Certains visages se sont effacés…

Je dois me reconnecter avec moi-même.

J'avais besoin de partager cette épreuve avec vous ma tendre Lizetha. Vous transmettre mes doutes et mes peurs m'aide à ne pas sombrer entièrement dans cet univers malsain depuis la dernière révélation de Thomas.
Tout ceci me semble bien trop complexe et farfelu. Cet homme était dévoué à Orya, pourquoi l'aurait-elle envoyé ici avec nous, dans cette prison ?
Serait-elle également coincée ici ?
Je crois que mon esprit aime se plonger dans une multitude de dilemmes.

Amicalement,
Julie

Chère Julie,

Je suis étonnée d'apprendre tout cela, d'apprendre que ce Thomas, cet imposteur, ce voleur, n'est autre que l'ennemi juré de mon George.

Je ne crois pas pouvoir lui faire confiance, c'est un fabulateur !

Ô Julie, je suis hors de moi !

N'écoutez pas ce bonimenteur, il tente de vous amadouer, de vous faire croire que votre famille était de son côté pour récupérer la pierre plus facilement. Vous ne devez plus rester seule avec lui, Julie, vous ne devez plus écouter ses élucubrations.

Mon sauvetage dernier ne devait être qu'une autre de ses manigances pour nous mettre dans sa poche. Je me doutais bien qu'il ne faisait pas cela sans arrière-pensée.

Vous n'êtes pas la seule à avoir eu la visite d'un être démoniaque cette nuit.

Assise sur mon lit, je ne pouvais trouver le sommeil, mon esprit accaparé par notre besoin de fuir de cet endroit.

Le tonnerre grondait comme à son habitude, se mêlant aux bruits dissemblables du chaos extérieur.

Je me levais alors, m'approchant de la fenêtre, épiant les ténèbres. J'aurai juré avoir aperçu, à ce moment-là, du mouvement dans les bois, d'avoir même vu, ne serait-ce qu'une seconde, un regard brillant, effrayant, regarder dans ma direction.

Mais une fois de plus, je me consolais en me disant que tout ceci n'était rien, le vent dans les buissons, un animal apeuré, ou même une simple illusion qu'aurait créé mon esprit.

C'est alors que l'éclair tomba, dans la lumière apparut une créature abominable. J'en reculais de peur, le souffle coupé. Je ne pourrais dire s'il s'agissait d'un homme, ou d'une femme ; juste vous certifier que ce n'était pas humain, que ça ne pouvait être en vie.

Son visage me donna un haut-le-cœur, un dégout certain m'empoigna, si bien que je crus mourir. À genoux sur le sol gelé de ma chambre, je tentais de reprendre mon souffle.

Mais cette image repoussante s'emparait de ma raison.

Sa mâchoire démesurée m'offrait la vision de sa chair à vif, de ses muscles et que sais-je d'autre ? Sa peau craquelée par endroit n'était qu'un amas de moisissures.

Que je vis cette bête, sortie tout droit des enfers, la même nuit où vous vîtes la vôtre, n'est pas une coïncidence.

À mon avis, Julie, notre chère Orya commence à trouver le temps long, piégée dans son labyrinthe, elle cherche à nous jouer des tours, à nous effrayer. Cela a réussi. Dès que je ferme les yeux à présent, je ne cesse de revoir cette monstruosité.

Je suis comme vous, je ne sais pas ce qu'il se passe réellement ici, mais je vous fais confiance et non à ce lunatique fou de Thomas Coven.

Si mon tendre époux avait été en ces lieux, avec nous, il se serait méfié de ce vil démon. Nous sommes dans son monde, dans celui de cette déesse luciférienne et nous devons en sortir.

Par chance, une bonne nouvelle m'est parvenue aujourd'hui. Tandis que je parcourais l'avant du manoir, proche de l'entrée, un enfant m'a tendu une enveloppe avant de repartir en courant. Mon nom, écrit à l'encre, m'invitait à la lecture de son contenu.

> *« Lizetha,*
> *Veuillez m'excuser pour le temps écoulé depuis notre dernière entrevue devant les grilles de fer de votre prison. Trouver votre frère m'a pris quelques jours et le convaincre de me parler, tout autant. Mais enfin nous avons pu échanger à votre sujet.*
> *Il semblerait que j'ai pu enfin le libérer de ses doutes à votre égard.*
> *J'ai bien peur que votre présence ici dérègle un certain nombre de choses. L'ennemi insistant pour en apprendre plus sur vous et Julie. Il semblerait que*

GrandArmour attire les fourmis comme le miel attire les abeilles.

Pardonnez l'image, les soldats ne cessent de nous suivre quoi que nous fassions. Nous avons usé de subterfuges ces derniers temps pour nous retrouver et chercher les solutions à votre enfermement.

Nous eûmes l'espoir de vous revoir quand James contacta le plus grand avocat du pays, qui affirma pouvoir vous faire sortir de cet asile. Malheureusement, après plusieurs recherches dans la multitude d'ouvrages historiques de la famille DeMats, regroupant l'histoire de GrandArmour, nous comprîmes rapidement que vous ne pouviez en sortir. La raison la plus simple est que le trésor caché se trouve dans le labyrinthe. Tous les documents trouvés ne font à aucun moment mention de ce que peut être le trésor, mais James est persuadé que vous, vous le savez.

Vous n'avez d'autres choix que de pénétrer le labyrinthe, nous en avons bien peur, afin de trouver ce que vous cherchez. D'autres indications font mention d'un symbole. Trouvez le symbole et vous trouverez le trésor. Je vais tenter de vous le dessiner le plus fidèlement possible.

Rien d'autre n'est précisé, je ne sais ni où ni comment vous pourrez trouver ce symbole…

Quoi qu'il en soit, nous avons réussi à obtenir un rendez-vous avec Thomas Coven *dans trois jours, après maints essais. Nous espérons lui faire changer son jugement et peut-être obtenir son aide afin que vous puissiez pénétrer le labyrinthe avec son accord.*

Voilà les seules nouvelles que je puis vous annoncer, elles ne sont guère enthousiasmantes vis-à-vis du contexte, mais elles sont là nos meilleures chances pour vous aider.

Je vous prie de bien vouloir saluer Julie de ma part.

À très bientôt.
Benjamin. »

Le symbole ne me dit rien. George n'en a jamais fait mention en ma présence… J'espère que vous en saurez plus que moi, Julie.

Pénétrer dans le labyrinthe à sa recherche serait signer notre arrêt de mort. Je ne sais pas comment nous allons nous en sortir.

Je dois réfléchir…

Sur ces quelques mots, Julie, je vous laisse. Vous pourrez me voir près du labyrinthe, il faut à tout prix que je voie Annabelle. Sa présence est réelle, je le sais. Elle seule peut désormais faire quelque chose pour nous, ou nous serons perdues à jamais…

À bientôt, mon amie.
Lizetha.

Julie,

Une merveilleuse nouvelle vient d'arriver. J'avais raison ! Annabelle est ici, avec nous, et elle fait tout ce qu'elle peut pour nous venir en aide. Elle m'a fait parvenir une lettre de mon George ! Vous rendez-vous compte ? Je suis plus qu'heureuse, mais triste aussi que vous n'ayez, vous, une lettre de votre aimé.

Je tiens tout de même à vous faire partager cette lettre, qui pourra vous rassurer, car cela signifie que des gens se battent bien pour nous sortir de cet enfer.

Bien qu'Annabelle m'ait fait parvenir ce mot, elle ne peut malheureusement sortir du labyrinthe. Je lui ai demandé alors d'autres nouvelles pour vous, mais sa faculté à voyager à travers le temps a été brisée au même moment que la pierre. Elle ne peut faire que des bonds entre 1816 et ce monde. Elle a également pu me confirmer qu'Orya, bien que faible, demeure dans ce dédale.

Bien à vous.
Lizetha

Voici la lettre de mon époux :

J'ai prié tant de fois pour obtenir ne serait-ce qu'un infime signe que vous soyez encore en vie. J'ai remué ciel et terre, tué mille démons, passé au peigne fin ce maudit labyrinthe, mais enfin j'y suis parvenu.

J'ai mis la main sur un minuscule fragment de la pierre, et lorsque je la tins au creux de ma paume, Annabelle m'apparut. La joie de la revoir m'enveloppa une seconde, puis à son annonce de votre bonne santé, je crus m'évanouir de bonheur.

Je voulus de suite qu'elle me mène à vous, car je n'avais en tête que de vous serrer dans mes bras et de ne plus jamais vous lâcher. Malheureusement, elle m'apprit bien vite que vous n'étiez guère facile à secourir et, qu'il lui était physiquement impossible de me mener à vous. La seule chose qu'elle put faire fût de me promettre de vous transférer cette lettre.

Elle me raconta ce qu'il s'était passé, le pourquoi de votre disparition soudaine, et l'endroit où vous vous trouvez. Lorsque Julie décida de garder la pierre, une prison se créa pour Orya et dans sa colère, elle la piégea. Votre lien avec cette jeune femme d'un autre temps, ainsi que votre rang, ici, à GrandArmour, sont les raisons mêmes de votre absorption dans ce lieu maudit.

Je n'ai cessé de tourner en rond depuis que ces informations sont en ma possession, les communiquant à tous ceux qui n'ont cessé de m'épauler depuis votre absence : votre mère, vos sœurs, vos beaux-frères. Si vous étiez là, ma Lizetha, vous n'en reviendriez pas de mes nombreux efforts, de mon rapprochement avec votre famille, notre famille.

Que puis-je bien faire pour vous, me trouvant bien loin, inutile à vos souffrances ?

Je puis simplement vous dire que tout va bien ici, que votre mère est aussi douce que vous me l'aviez décrite, qu'elle m'aide à ne pas sombrer dans la folie, dans la noirceur qui m'entoure.

Vos sœurs prennent soin du petit Frédéric, lorsque Misha, Henry et Léonard m'aident à arpenter ce dédale malsain. Plus nous sommes nombreux et moins nous prenons de risques. Orya disparue, le labyrinthe est devenu un endroit grouillant de créatures surnaturelles recrachées des enfers.

Nous bâtissons de hauts murs afin de les contenir à l'intérieur, mais il n'est pas rare que l'un d'entre eux s'échappe. Les loups et les cerfs font leur travail en les ramenant dans notre terrain afin que nous en finissions, mais il n'est pas rare non plus, malheureusement, que nos amis à quatre pattes y laissent leur vie.

Nous apprenons de jour en jour à vivre avec ce nouveau fardeau, espérant que de votre côté vous trouverez une solution pour revenir.

Je crains que, si d'ici quelques semaines, je ne vous revois pas arriver, je finisse par mourir de chagrin...

Ô ma tendre et douce Lizetha, mon épouse, mon aimée, je pourrais passer un pacte avec le diable pour vous retrouver. Le sommeil n'est point venu me trouver depuis votre absence, je ne cesse de vous voir lorsque je ferme les yeux, cela me fait plus mal encore lorsque je les ouvre et que je ne vous vois pas à mes côtés.

J'ai peur de succomber à ces sombres pulsions que vous avez réussi à enfouir au fond de moi. L'héritage monstrueux des DeMats tente de sortir par tous les moyens.

Soyez-en sûre, mon épouse, je vous retrouverai et vous ramènerai auprès de moi, et plus jamais je ne vous quitterai.

Votre George
1816 »

Lizetha,

Cette lettre est une merveilleuse nouvelle. Annabelle nous relie entre nos mondes, cela signifie que rien n'est perdu, même s'il nous reste à trouver une solution.

Pendant que vous contactiez votre belle-sœur, je vis arriver au manoir, nos amis. James et Benjamin suivirent Thomas à l'étage dans son bureau, où je fus conviée quelques instants plus tard.

Loin de moi l'idée de reconnaître en ces hommes ceux qui berçaient mon existence, mais je ne pus me résigner à les garder loin de moi. Benjamin fut le premier à venir me serrer dans ses bras, James, bien à l'écart, fit un pas en avant et pendant deux secondes furtives me pressa amicalement le bras. Un frisson me parcourut alors, je fermais les yeux essayant de retenir mes larmes.

La voix de Thomas coupa sec ce flot d'émotion qui commençait à me submerger.

— Je vous accorde le droit de vous entretenir avec vos amis. Veuillez noter que je n'y suis en rien obligé. Ces chers messieurs semblent avoir quelque chose d'important à vous signaler concernant, je suppose, le moyen de vous voir partir d'ici et de leur restituer celles pour qui ils ont véritablement des sentiments. Je vous prierai de me tenir au courant des avancées, et pour que vous le fassiez, je tiens à vous informer que Lizetha est en ce moment même dans une chambre d'isolement. Il semblerait que je ne puisse vraiment pas tenir le docteur Lietkov à l'écart de ce qu'il croit être un état de santé dangereux pour vous-même.

À l'écoute de son monologue, je voulus lui crier dessus, indignée par le fait qu'il laisse ce docteur faire ce qu'il souhaite de nous, alors que nous sommes tous sur le même bateau. Vous savoir avec cet homme, que je trouve extrêmement effrayant, m'angoisse au plus haut point.

— Pourquoi laissez-vous faire ce docteur ? demandai-je outrée.

— Malheureusement, je n'ai pas le contrôle absolu sur ce lieu et sur ce qui peut bien s'y passer. Je vais me charger, à présent, de surveiller ce tortionnaire. Si vous voulez retrouver votre correspondante, tâchez de me reporter chaque mot qui sera dit dans ce bureau.

Sur ce, Thomas sortit de la pièce, nous laissant tous les trois. Je sentis bien plus qu'un léger agacement chez lui, il semblerait qu'il se fasse, peut-être, du mouron pour vous, Lizetha. A priori, vous êtes la seule à pouvoir faire face à Orya et la blesser. Ce petit détail ne lui a pas échappé, il sait qu'il doit vous garder saine et sauve.

— Oh comme je suis heureuse de vous voir, lâchai-je soulagée en m'écroulant dans le fauteuil bien plus confortable que nos couchettes. Beaucoup de choses se passent ici et rien ne reste figé. J'ai l'impression que le manoir lui-même est vivant. Nous commençons à ressentir une forte appréhension. Plus les jours passent et plus nous apercevons des changements qui n'ont pas lieu d'être. Pas plus tard que ce matin, je me dirigeais vers la bibliothèque, mais celle-ci ne se trouvait littéralement plus à sa place. Je pensais m'être trompée, mais pas du tout ! Elle a bougé de deux ou trois pièces. Je suis même certaine d'avoir remarqué une espèce de trou noir à l'autre bout du jardin l'autre jour. Enfin, je suppose que vous êtes là pour nous annoncer une bonne nouvelle.

— Eh bien, en fait, commença Benjamin, ce serait plutôt l'inverse.

— Il s'agit de la clé, dit directement James. Comme nous l'avions supposé après lecture de plusieurs écrits, cette clé se trouve dans le labyrinthe.

— Enfin, se trouvait, rectifia Benjamin.

— Oui, sauf qu'on ne sait pas précisément si elle n'y a pas été remise.

— Attendez, intervins-je. C'est quoi cette histoire ?

— Nous avons trouvé un texte rédigé à la main, dissimulé dans un gros grimoire. Celui-ci raconte comment la clé a été trouvée dans le labyrinthe. Une clé permettant d'ouvrir un monde miroir.

— Un monde miroir ? répétai-je.

— Nous ne savons, cependant, pas si ce texte est un récit, un poème, une fable ou une sorte de confession.

— Pourquoi ça ?

— Parce qu'il n'existe que ce texte qui parle d'une clé, et il est écrit en vers, précisa Benjamin.

— Est-ce que vous l'avez sur vous ?

James sortit de la poche intérieure de sa veste un vieux morceau de papier, si vieux que l'on aurait dit un parchemin. Voici ce que j'y lus :

« Depuis que l'on m'a transmis son histoire, je ne cesse d'y penser. Cette clé pourrait ouvrir un monde énigmatique rempli de mystères ensorcelés.

Mais faudrait-il encore que cela soit réel, car en dépit de ces contes inhabituels, aucun indice matériel n'a été trouvé à l'endroit potentiel.

Pourtant je cherche encore et toujours, prête à tous les recours, afin de trouver cet objet qui viendrait à mon secours.

Je n'aurais jamais cru devoir me battre avec une telle fureur, pour convaincre ce têtu, qu'il existait bien une erreur.

Un monde comme le nôtre, empli de bien des secrets, ne pouvait être seul, désuet, il me fallait trouver l'autre.

C'est alors que dans la brume d'un soir naissant, je vis un éclair incandescent, changer considérablement la flore.

Monumental changement, que fut l'apparition de ces hauts murs, pressant le temps, de rendre ces hauts végétaux aussi inébranlables qu'une armure.

Sans tarder, je me dirigeais dans le jardin, bravant les ténèbres je remontais l'allée, arrivant bientôt face à mon destin.

J'entrais dans ce dédale énigmatique,
submergée d'une peur frénétique.

Faux semblant, chemin croisant.

Concentrée sur mon objectif,
Je recherchais un glyphe.
Un dessin particulier
Qu'il me fallait trouver,
Afin de mettre la main sur cette clé.

À force d'avancer et de scruter,
Je pus enfin mettre la main
Sur ce que le destin
Avait prévu d'être mien.

Un incroyable pouvoir,
Qui me ferait enfin voir
Ce monde-miroir.

Ophélya Lildéchamps »

Une clé, un monde-miroir…

Après une rapide analyse, ce texte n'avait pas le moindre sens pour moi, cela ressemblait bien plus à une simple histoire sans grand intérêt, une fable en effet…

Malgré tout ça, la signature me paraissait bien plus étrange encore.

Ophélya, Orya, est-ce que tout cela pouvait être lié ?

— Avez-vous fait des recherches sur cette Ophélya ? demandai-je.

— Tu vois, répondit Benjamin, je t'avais bien dit qu'elle demanderait ça.

James me fixait depuis un moment, il devait sans doute le faire depuis le début de ma lecture. Son regard scrutateur me déplaisait fortement, je n'avais pas l'habitude que cet homme me juge. Il finit par répondre ;

— Ophélya était une des servantes de la famille DeMats.

— Qu'est-elle devenue ?

— Elle a disparu après être entrée dans le labyrinthe.

— Quelqu'un a-t-il essayé de la retrouver à l'intérieur ?

— À l'époque, il n'y avait aucun danger à pénétrer cet endroit. Une battue a été organisée, à travers toutes les terres existantes de GrandArmour. Cela remonte à un peu plus d'un siècle et demi.

— Quand précisément ?

— Pourquoi ?

— Parce qu'il nous faut retrouver cette femme.

— Nous sommes en 1945, je vous le rappelle, siffla James, dépité.

— Et moi, je tiens à vous rappeler que vous êtes à GrandArmour et vous devriez mieux que quiconque savoir qu'ici le temps et l'espace ne se définissent pas de la même manière qu'ailleurs.

— Ça devrait être aux alentours de 1800, peut-être moins, répondit Benjamin après un calcul rapide.

— Alors je dois m'entretenir au plus vite avec Lizetha.

Sans attendre leur départ, je me levai et me précipitai en dehors du bureau, si vite que je ne vis pas arriver Thomas.

Comment dire, j'aurais vu cette scène dans un film, j'aurais sûrement dit : « Mais oui bien sûr ! C'est tellement surfait ! »

Atteint de plein fouet, pour une fois, il ne put jouer la carte du « je maîtrise tout ». Nous nous retrouvâmes tous deux à terre, moi sur lui…

— Vous avez toujours le chic pour surprendre les gens, dit-il, désappointé, en me retenant les épaules.

— C'est une de mes nombreuses qualités, précisai-je.

Nous redressant maladroitement, je perçus du coin de l'œil un léger malaise. Benjamin et James se trouvaient sur le seuil du bureau nous observant fixement.

— Où courriez-vous donc comme cela ? finit par me demander Thomas.

— Il faut que je voie Lizetha au plus vite.

— Que vous la voyiez ?

— Oui, enfin, vous avez compris, je dois COMMUNIQUER avec elle, si vous préférez.

— Le docteur Lietkov l'a malheureusement conduite ailleurs. Je ne suis pas en mesure de vous mener à elle.

— Comment ça, le docteur Lietkov l'a emmené ailleurs ? s'offusqua James. Il n'en a aucun droit !

— Il a tous les droits. Sachez, monsieur DeMats, que je suis également très inquiet pour elle. Je ne connais pas les conséquences qu'il y aurait à sortir de ce lieu, puisque je n'ai pas pris le risque de le faire depuis mon arrivée ici. Si, toutefois, il ne la ramenait pas aujourd'hui, je vous préviendrai afin que vous deux puissiez la retrouver.

— Vous voulez attendre ! dis-je, effarée. Et si elle était en train d'agoniser quelque part, si ce docteur la torturait ?! Je vais allez la chercher moi-même, puisque vous n'en avez cure !

— Je vois que le langage de Lizetha déteint sur vous, répondit-il narquois, en m'attrapant par le bras alors que j'amorçais un départ furibond. Je doute que les conséquences soient aussi dramatiques que vous le pensez. Je vous prie de vous calmer.

— Vous êtes inconscient, articula James en essayant de se contenir. Si nous la retrouvons avant ce soir, nous vous en tiendrons informé.

Sur ce, il partit en direction de l'escalier sans même un regard pour moi, Benjamin lui emboitant le pas, me serra la main au passage.

— Restez ici, m'ordonna Thomas, vous n'avez tout de même pas oublié notre accord.

Après une récapitulation complète de notre conversation à ce cher Thomas, je pus regagner ma chambre. Une fois de plus, il resta quasi stoïque pendant la durée de mon monologue, sauf lorsque je prononçais le prénom d'Ophélya. Je perçus alors un léger changement, mais vous savez tout comme moi que cet homme est bien difficile à déchiffrer.

Tout semblait calme, nonobstant, il me parut remarquer une nouvelle étrangeté dans le manoir. Toutes ces choses qui divergent chaque jour commencent légèrement à m'effrayer. Je distinguais, au fond de la salle commune, dans une partie bien plus sombre que le reste de la pièce, une sorte de toile, une peinture du labyrinthe que je n'avais pas remarquée jusque-là. M'en approchant, sans faire attention aux autres patientes qui se trouvaient là, je fus arrêtée dans ma démarche par l'une d'entre elles. Son regard froid et son visage sans expression me firent frissonner. Elle se cramponna à mon poignet, serrant de toutes ses forces. Tentant de retirer ses doigts qui me comprimaient, ce fut une fois de plus Thomas qui s'en mêla.

— Vous ne devriez pas traîner ici, mademoiselle Davons. Il semblerait que le temps se déforme.

— Vous avez donc, vous aussi, remarqué tous ces changements ?

— Il faudrait être aveugle pour ne rien voir.

— Vous savez, Thomas, dis-je d'un ton plus sec, votre comportement me fait penser à un professeur bien particulier d'une œuvre bien connu. Même si vous ne lui ressemblez absolument pas, vous vous comportez comme Severus Rogue avec Harry. Vous faites semblant de nous surveiller, de vous en prendre à nous parce que vous ne nous aimez pas, mais au fond, vous tenez tout de même un peu à nous. N'est-ce pas ?

— Je ne comprends pas un mot de tout ce charabia, miss Davons. Regagnez votre chambre, cela sera mieux pour tout le monde.

Avant de disparaître de la pièce, je regardais à nouveau le tableau, qui comme par hasard avait disparu.

De retour dans ma chambre maudite, j'attendis votre retour en me rongeant les sangs.

Après de longues minutes, je fus soulagée de vous entendre enfin arriver. Je collais l'oreille à la porte, afin d'écouter votre conversation avec le docteur.

Son obstination ne me dit rien qui vaille.

Dans l'attente de votre récit de ce jour.
Je vous embrasse.
Julie

Julie,

Je crois que je n'ai jamais été aussi heureuse de retrouver cette demeure.

Votre lettre m'aide à laisser derrière moi cette journée déroutante.

Mes impressions premières sur ce que vous avez conté sont qu'il est fort probable que George ait en effet connu cette Ophélya, si jamais elle fait bien partie de notre monde. Je ne saurais vous le confirmer moi-même, car, parmi les nombreuses histoires que mon époux m'eut relatées, je ne l'ai nullement entendu prononcer ce prénom. Mais je m'empresse de lui faire porter une missive dès ce jour, par le biais d'Annabelle. Je tâcherai également de lui demander, à elle qui doit connaître les coins et recoins de ce labyrinthe par cœur, si son regard s'est déjà porté sur une stèle, où serait enfermée une clé.

Je poursuis d'une main tremblante. Le docteur Lietkov est sans doute la personne la plus effrayante de cet endroit, bien plus que les horribles créatures que j'ai pu voir en ces lieux.

Dans son bureau, il m'attacha les bras à un fauteuil de consultation afin de me prélever du sang. Avec, il officia une sorte de rituel, durant lequel il fit tomber une goutte sur un morceau de pierre noire comme du charbon. Rien ne se passa bien sûr, et il parut à la fois subjugué par ce qu'il faisait et horrifié de voir que nulle réaction n'en découlait. J'aurais alors juré déceler en lui deux personnalités.

— Bien des choses, mademoiselle DeMats se sont et vont se produire, bien des choses qui semblent être liées à deux personnes en ces lieux. Vous ne pouvez cacher plus longtemps d'où vous venez, votre attitude et celle de votre amie ne sont pas du tout celles que l'on attend de femmes enfermées ici. Vous ne pouvez pas nier, mademoiselle, que tout ceci à un lien avec ce qu'il se passe. Je dois vous montrer quelque chose. Mais cela ne se trouve pas à GrandArmour, non, cela serait bien trop risqué. Nous devons sortir.

— Non, non, murmurai-je… Je… je ne peux pas…

— Ne vous inquiétez pas, je veillerai sur vous. Aucun soldat ne vous approchera.

Bien sûr, il comprit ma réticence de travers. Je ne pouvais pas sortir, non par peur de ces soldats, mais à cause des conséquences de notre présence dans ce monde qui n'est pas le nôtre…

Mais là encore, jouait-il un rôle ?

Afin de contenir mes gestes effrénés, il me vêtit d'une redingote blanche, me maintenant attachée. Les bras en croix sur la poitrine, des liens fermés dans le dos, je crus mourir étouffée à l'intérieur de ce vêtement abominable.

Ne plus pouvoir bouger me maintint dans une vague d'angoisse. Je crois que je n'ai vécu plus grande terreur auparavant. Voir ce fou s'affairer à une chose qui semblait l'exalter, m'emplissait de peur. Mon cœur, mon ventre, mon corps tout entier maudissait cet instant. Que de douleur, que de sentiments exagérés m'envahissaient…

Il finit sans doute par s'en apercevoir, car il se proposa de m'apaiser. À l'aide d'une seringue, il m'injecta un produit à la base du cou, chuchotant que cela me ferait du bien.

Je sentis alors un changement soudain, qui me plongea dans une sorte de béatitude factice.

Entraînée par le docteur à l'arrière du bâtiment, il me fit entrer dans une grande voiture recouverte de ferraille, qui semblait avancer seule sans l'aide de chevaux. Cela me parut être de la magie. Vous m'en aviez fait un schéma dans une vos lettres, mais la voir de mes propres yeux fut très perturbant.

Après un trajet de plusieurs dizaines de minutes, nous arrivâmes dans un bâtiment qui semblait dater de mon temps et qui reflétait une décrépitude certaine. À l'intérieur de celui-ci, tout était vieilli par les années. Le docteur me traîna jusqu'à une pièce remplie de bien trop de choses. Me poussant sur un fauteuil poussiéreux, il m'observa de longues secondes.

— Oui, oui… c'est bien vous, murmura-t-il.

Se dirigeant vers son bureau, il fouilla ses tas de papiers, déplaça bon nombre de piles de livres, mit à terre ce qui ne l'intéressait pas jusqu'à tomber sur ce qu'il cherchait. Il s'arrêta un instant, il venait de le trouver. Son regard allait de son bureau à mon visage, plusieurs fois, jusqu'à ce qu'il lève la représentation d'une peinture. Un portrait si réaliste… Le mien…

— Voyez, Mademoiselle DeMats, je ne peux pas me tromper. La peinture date de 1821, j'ai fait mes recherches. Même nom que le vôtre, bien sûr. Et puis ces lettres… Votre incapacité à regarder votre amie… Je ne voulais pas y croire au début, vous savez comme les médecins peuvent avoir l'esprit cartésien. Mais depuis que je suis tombé sur cette photo dans les combles de GrandArmour, je n'ai pu qu'observer tous les changements inexplicables qui s'y passent.

— Depuis… depuis quand savez-vous ? essayai-je d'articuler tant bien que mal.

— Une semaine.

— Qu'est-ce que vous voulez ?

— Votre secret. Comment êtes-vous restée aussi jeune, aussi belle, après 129 ans ?

— Il ne s'est pas passé 129 ans, murmurai-je ne pouvant parler plus fort, toujours droguée. Je voulais lui expliquer, lui dire comment nous avions atterri ici, mais le sommeil s'empara soudain de moi. J'avais pourtant lutté…

Mon réveil ne tarda pas. Je sentis une légère douleur dans le cou. Le docteur venait de m'injecter un nouveau produit. Il semblait irrité.

— Reprenons, Mademoiselle DeMats. Dites-moi tout.

La lumière de la pièce m'apparut comme d'éblouissants faisceaux bien trop lumineux, mon cœur palpitait plus vite que de raison, et voilà que la nausée me prenait.

Plus je clignais des paupières pour retrouver la netteté de mon monde et plus je me sentais partir au-delà du réel, dans un imaginaire effrayant. J'entendis une douce voix, une mélodie commune prononçant mon nom avec tendresse.

« Lizetha…. Lizetha… »

Oserai-je dire que cette voix était celle de mon George ? Je la reconnaîtrais entre toutes, par-delà la terre et la mer. Je l'entendais, murmure dans l'infini, puis une douceur dans la nuit. Un écho surgis des ténèbres, et un cri, un cri de frayeur tandis je rouvrais les yeux, et que je trouvais devant moi le docteur Lietkov.

George m'avertissait, il était là quelque part, veillant sur moi.

Je repris mes esprits, devais-je lui avouer d'où nous venions, devais-je le condamner à errer lui aussi dans un univers surfait comme il en était du nôtre ? Devais-je le sacrifier à Orya pour assurer notre passage ?

J'y pensais, un instant, un furtif moment… Mais ce n'était pas moi. Même si cet homme était notre ennemi, je ne pouvais le jeter aux créatures morbides que nous avions vues.

— Mademoiselle DeMats, il ne vous sera fait aucun mal si vous acceptez de tout me dire. Je préfère que cela se fasse de la sorte, car je ne voudrais pas abîmer ce joli minois.

— Je viens d'une époque différente, certes, mais je ne vis pas depuis 120 ans. J'ai atterri ici. Je ne saurais vous dire comment…

— Vous avez voyagé dans le temps ?

— Oui, l'on pourrait le dire ainsi.

— Comment ? Comment avez-vous fait ?

— Je ne sais pas, je vous le dis. Je me trouvais près du labyrinthe, en 1816, quand une lumière éblouissante s'en est échappée. Je me suis alors réveillée dans ce manoir qui ne ressemblait plus du tout à celui que je connaissais.

— Et votre amie, Julie ? Dites-moi !

— Elle vient du futur. Je n'en sais pas plus. Elle non plus ne sait pas comment nous nous sommes retrouvées ici. Il n'y a pas d'explication.

— Le labyrinthe, murmura-t-il en se retournant. Il se tapotait les tempes, cherchant sans doute une raison à tout ceci.

— Oui, oui, continua-t-il en farfouillant dans ses papiers.

Que venait-il de se passer ? me demandai-je. Pourquoi avoir entendu la voix de George ici, maintenant ? Se pourrait-il que ce docteur Lietkov possède la pierre ? Se pourrait-il finalement que cet homme soit notre salut pour rentrer chez nous ?

Il cherchait encore et encore, en colère, jetant tout sur le sol, renversant la moitié de ses bibelots jusqu'à ce qu'il fasse tomber une statuette. Explosant en mille morceaux, celle-ci offrit un trésor indigo. Je ne pus cacher ma surprise. Je me jetai, plus rapide que lui, sur le joyau taillé. Mais, plus fort, il me l'arracha violemment en me frappant.

— Je le savais, je savais qu'il y avait une pierre, mademoiselle DeMats, vous l'avez tant mentionné dans vos récits. Mais je vois que celle-ci n'est pas de la couleur souhaitée. Il semblerait toutefois qu'elle ait une certaine importance pour vous. Je vais donc la conserver. Venez !

M'attrapant par le bras il me força à me révéler. Nous retournâmes à la voiture et rentrâmes. Il me jura qu'il trouverait la vérité, qu'il trouverait notre secret.

Il n'en a pas fini avec nous, Julie. Nous devons le préserver des dangers du temps. Nous ne pouvons pas le laisser garder cette pierre.

Il faut que Thomas la récupère, c'est notre seule chance.

Je m'en vais de ce pas retrouver Annabelle, si je le peux. Je lui transmettrai ma lettre pour George. J'espère de tout cœur que nous saurons la vérité sur cette Ophélya.

Son lien avec Orya existe, j'en suis certaine, ce prénom si ressemblant ne peut être une coïncidence.

Je vous laisse ma chère Julie,
Je vais avoir besoin de repos après ce jour chargé d'émotion.

Faites attention aux autres femmes, elles ne sont pas de notre côté.

Je vous embrasse.
Lizetha.

Lizetha,

Votre récit me donne envie de plonger ma main dans la poitrine de ce Lietkov et de lui arracher le cœur ! Cet homme est monstrueux ! Plus fou que ses propres patients !

Votre expérience nous apporte cependant quelque chose de nouveau, mais je ne sais toujours pas si nous pouvons faire confiance à Thomas. S'il trouve la pierre, ne la gardera-t-il pas pour lui seul ?

Tôt dans la matinée, après m'être assurée que nulle femme ne traînait dans le couloir, je sortis de ma chambre le plus discrètement possible afin de me rendre dans le jardin. J'avais besoin d'air frais. Aucun garde ne surveillait les portes et aucun employé ne circulait dans la demeure. C'était comme si tout le monde avait disparu. J'ouvris les lourdes portes et sortis sur la terrasse, descendant les marches de pierre rapidement, de peur que celles-ci ne viennent à disparaître sous mes pieds... Depuis que je suis ici, mon esprit se heurte à l'irréel, à un imaginaire que je ne me connaissais pas jusque-là. Sans doute dû aux effets de notre thérapie obligatoire...

Prenant une grande bouffée, je me dirigeais vers le dédale. Cela faisait bien des jours que je ne l'avais approché, comme si m'en éloigner résoudrait nos problèmes. Mais plus je m'avançais et plus une forte douleur sous la poitrine s'emparait de ma sérénité, au point même de ne plus pouvoir avancer. Pourquoi cette douleur, qui ne m'était étonnamment pas inconnue, faisait-elle surface à ce moment précis ? Une main sur l'estomac, plus par réflexe qu'autre chose, je fus horrifiée à la vue du sang qui tachait désormais ma robe grisâtre de patiente aliénée… Mon esprit se jouait-il de moi, me confirmant que ma présence en ces lieux était bien rationnelle ?

Ne pouvant plus bouger, je sentis une main se poser sur mon épaule, me retournant lentement. Thomas était là, observant le sang avec sérénité. Il me souleva dans ses bras, nous éloignant du labyrinthe, sous un rire perfide qui s'en échappa. Le visage d'Orya se dessina dans le mur de buissons, ses bras se répandant comme des racines à une vitesse impressionnante.

« Les pierres sont à moi ! hurla-t-elle. Elles sont mon dû ! »

Alors que Thomas évitait de justesse l'acharnement d'Orya, nous gagnâmes la terrasse, près de la fontaine. Je m'installais sur le rebord.

— Ressentez-vous toujours la douleur ?

— Non, soufflai-je, étrangement non…

Je décalais quelque peu la robe de ma poitrine afin de voir si une plaie quelconque s'y trouvait, mais il n'y avait absolument rien. Pourtant, le sang, lui, était bien présent.

— Venez avec moi dans mon bureau.

Je le suivis sans prononcer un mot, abattue par ce qui venait de se passer. Regagnant le manoir, nous remarquâmes que le docteur Lietkov nous observait depuis la grande porte. Thomas le dévisagea, tandis qu'il me reluquait de la tête au pied.

— Comme c'est intéressant, murmura Lietkov avant de s'en retourner à ses occupations.

Je fixais alors Thomas, plus inquiet que jamais.

— Il faut que je vous confie quelque chose, lui dis-je tout bas.

Une fois dans son bureau, il me montra sa salle de bain privée, me donna une nouvelle robe et m'informa qu'il me retrouverait d'ici dix minutes.

Oh ! par les dieux, qu'une bonne douche chaude peut faire du bien ! Après avoir nettoyé tout le sang, je ne vis absolument rien, pas la moindre entaille, ne serait-ce aussi petite qu'une griffure de chat. Comment pouvons-nous ressentir des choses aussi réelles alors que tout n'est qu'illusion ?

J'enfilais ma robe et sortais de la salle de bain. Thomas attendait patiemment à son bureau.

— Je vous écoute, dit-il.

— Ce docteur Lietkov sait pour Lizetha et moi. Ses doutes à notre sujet se sont dissipés depuis qu'il a découvert un portrait de Lizetha datant de 1821, au sous-sol du manoir. Il veut s'emparer des pierres pour voyager dans le temps.

— Une chance qu'il ne risque pas d'en trouver…

— Détrompez-vous… Lizetha fut emmenée dans une demeure à une dizaine de minutes d'ici. Une statuette brisée par la colère de Lietkov révéla alors une pierre. La pierre indigo…

— La pierre de vie, souffla Thomas.

La pierre de vie…

Cette révélation faite, nous nous tînmes dans le silence quelques minutes jusqu'à ce que Thomas réagisse enfin.

— Je vais la lui reprendre, bien que cela risque d'être compliqué à présent, nous ne pouvons risquer qu'il la garde ou pis encore, qu'il communique quoi que ce soit à son sujet à l'ennemi qui fait rage dans ce monde.

— Vous voulez parler du Führer ?

— En effet.

— Il est vrai que d'après certains historiens il a toujours été attiré par ce genre de choses mystérieuses, mais vous pensez qu'il pourrait venir jusqu'ici ?

Rien que de poser cette question et d'imaginer voir cet homme, que dis-je, ce monstre devant moi, j'en frissonnais de terreur…

— Ce docteur Lietkov en serait malheureusement bien capable. L'époque dans laquelle nous sommes tombés n'est pas vraiment la meilleure.

— Oh, oui… Je le sais… soufflai-je.

Assise dans le fauteuil, je fixais Thomas longuement, une chose trottait dans ma tête depuis que son identité véritable me fut libérée : comment fonctionnait son immortalité ? La tenait-il de son sang, d'un sortilège quelconque, d'une malédiction…

— Je sais ce que vous pensez, dit-il soudain, coupant mes réflexions.

— Je vous demande pardon ?

— Vos pensées, précisa-t-il, vos pensées me sont ouvertes.

— Vous voulez dire que… que vous lisez dans les esprits.

— On va plutôt dire que je perçois certaines réflexions lorsque votre esprit est ouvert.

— Je ne comprends pas, avouais-je.

— Il vous arrive souvent de penser, de réfléchir à des choses plus que banales, ces pensées je ne les entends pas, mais lorsque ce sont des choses un peu plus sélectives, surtout me concernant, vous avez tendance à relâcher votre vigilance tant vous réfléchissez, ce qui me laisse libre de les entendre.

— Excusez-moi, mais je ne trouve pas ça logique. C'est quand je me concentre sur quelque chose que vous pouvez percevoir mes pensées. Ne serait-il pas plus logique que ce soit l'inverse ?

— Je… Ce n'est pas moi qui choisis comment cela fonctionne. Tout ce que je sais, c'est que lorsque vous réfléchissez, vous les gardiennes, vous avez tendance à oublier de bloquer votre esprit. Mais cela s'apprend. Vous avez encore beaucoup de chemin à parcourir.

— Oui, si nous arrivons à sortir d'ici, fis-je remarquer. Mais revenons-en à ma dernière réflexion, vous voulez bien. Qu'est-ce qui fait de vous un immortel ?

— Je possède un fragment des deux pierres. Liés par le sang d'Orya.

Il se retourna et releva sa manche, me montrant ainsi le symbole commun aux protecteurs de l'histoire. Lorsqu'il inclina le bras, je pus distinguer deux couleurs bien précises, l'indigo et le turquoise.

— Comment est-ce possible ?

— Une certaine femme eut en sa possession les pierres, avant de les enfouir à nouveau dans le labyrinthe, elle prit soin de conserver une partie d'elles.

— Dans quel but ?

— En prévision de la revanche d'Orya.

— Alors Ophélya serait du côté des gardiens, lâchais-je enfin, observant sa réaction.

— Évidemment, répondit-il, évaluant tout de suite la révélation qu'il venait de m'offrir. Vous êtes plus maligne que vous en avez l'air…

— Je vais prendre ça comme un compliment. Ophélya et vous êtes très liés, n'est-ce pas ? Toutes ces histoires sur les protecteurs de l'histoire, vos chamailleries avec les DeMats, n'ont aucun sens, votre seul et unique but est d'en finir avec Orya. De protéger à jamais le secret des pierres.

— En effet… Nous aurions dû nous allier depuis bien des années. Mais que voulez-vous, sans Ophélya, tout ceci ne mènera à rien.

— Qui est-elle ?

— La sœur d'Orya, une déesse elle aussi, mais qui a choisi depuis bien des siècles, des décennies, d'être aux côtés des humains et non de les dominer. Les pierres sont ses pouvoirs, qu'elle a décidé d'abandonner pour être plus proche de nous.

— Si Orya met la main dessus…

— Alors elle sera bien plus forte et pourra enfin mettre son dessein en œuvre. Apparaître aux yeux des humains, devenir la grande déesse sacrée de tous et faire des humains de simples esclaves dont elle pourra se jouer à sa guise.

— La fin des temps, murmurai-je.

Thomas acquiesça.

— J'ai une autre question.

— Allez-y.

— Si vous êtes bien de notre côté, pourquoi m'avoir blessée, presque tuée même ? Je n'ai pas oublié, je ne pourrai jamais oublier…

— Je suis navré, dit-il sincère, c'était le seul moyen pour que vous vous retrouviez face à elle, pour que vous compreniez qui elle était vraiment. Je savais que votre acte nous mènerait à sa destruction, je n'avais cependant pas prévu qu'elle se protégerait en nous envoyant ici.

Après ce long échange, je regagnais ma chambre, évitant une fois de plus tout contact avec les autres femmes. Je vous vis, furtivement, vous rendre dans le jardin. J'espère que vous aurez de bien meilleures nouvelles que moi. Car apprendre que le sort de notre espèce tout entière demeure entre nos mains m'a légèrement secouée. Et si nous n'arrivons à rien ? Si Orya réussit à s'emparer des deux pierres et qu'elle devient ce que nous redoutons tant ? La fin des temps, la fin du monde que nous connaissons sera à notre porte…

Thomas doit s'occuper de Lietkov, je suis sûre qu'il réussira à reprendre la pierre avant que tout tourne mal. De toute manière, il n'a pas le choix.

De notre côté, nous devons trouver la pierre du temps.

Demain, dès que les portes seront ouvertes, je passerai tout le côté droit de la propriété et du jardin au peigne fin. Je ne sais pas encore comment la trouver, mais je ne peux plus rester ici à attendre. J'ai demandé à

Thomas de nous apporter de l'aide. Il va prévenir Benjamin et James pour qu'ils se joignent à nous.

Nous ne devons plus perdre de temps.

Bien à vous,
Julie.

Julie,

Voici sans plus attendre la réponse de George qui en
dit un peu plus sur Ophélya et confirme que Thomas est
désormais bien de notre côté.

« Mon épouse,

*Tu ne sais quelle joie immense j'ai
éprouvé à recevoir ton courrier, de savoir
qu'enfin vous aviez trouvé un indice pour
vous ramener chez vous.*

*Je dois bien avouer que je n'avais pas
entendu le prénom d'Ophélya depuis bien
des années, cette femme a résidé quelques
mois à GrandArmour, lorsque j'étais
enfant. Je la vis de nombreuses fois tourner
autour du labyrinthe encore et encore, sans
jamais y entrer bien évidemment. À maintes
reprises, disparue pendant quelques jours,
nous pensions qu'elle quittait le manoir.
Mais votre révélation me laisse à penser*

qu'elle pénétrait le dédale à la recherche de quelque chose de précis.

J'ai toujours pensé que cette femme faisait partie de la famille de mon père, mais je n'ai jamais eu la réponse. Il y avait en elle quelque chose de... oserai-je l'écrire... quelque chose de surnaturel...

Les drames qui suivirent son départ furent funestes comme vous le savez. Ma sœur disparue dans ce labyrinthe, la mort de ma mère, puis de mon père... Je dus vivre bien seul très tôt.

Ce ne fut qu'à l'âge de vingt ans que je la revis, cette Ophélya qui ne semblait pas avoir vieilli du tout. La compagnie de Thomas Coven, à l'époque, m'était quotidienne, nous occupions notre esprit érudit à la découverte de notre monde et nous nous éduquions nous même aux choses de la vie. L'engouement de Thomas pour cette femme, dès qu'il la vit signa presque la fin de notre amitié. Je ne comprenais guère les sentiments naissants qu'il éprouvait pour cette femme d'un âge mûr, elle avait bien le double du nôtre. Certes, sa beauté était époustouflante, mais l'aura qu'elle dégageait me laissait perplexe.

Ses attitudes, ses gestes, ses paroles me semblaient d'un autre âge, d'un autre temps. J'avais déjà lu bien des choses concernant GrandArmour et ses secrets, ses mythes et ses légendes qui me permettaient d'avoir des doutes à son sujet.

Si le Thomas qui se trouve avec vous est bien celui que je connais, il ne restera point coi bien longtemps désormais avec l'implication d'Ophélya. Je me demande maintenant, si toutes ses longues recherches à propos du labyrinthe n'avaient pas un quelconque rapport avec elle. Son acharnement à vouloir ces pierres, son lien avec Orya... N'y a-t-il donc pas un autre désir derrière tout ceci ? Un but plus intime qu'il cherche à cacher ?

Si tel est bien le cas, Lizetha, alors son aide vous sera des plus indispensable, car en définitive, cet homme fera tout pour la retrouver, et s'il devait défier Orya pour cela, il le fera sans aucun doute.

Je termine donc cette lettre en vous certifiant que je ferais tout pour retrouver cette Ophélya, si toutefois elle est ancrée à notre époque. Trouver cette clé est désormais ma priorité. Vous revoir et vous prendre dans mes bras m'obsède comme jamais.

Je vous aime.
Votre époux, George.
1816 »

Votre initiative pour trouver la pierre est une excellente idée, me retrouver avec James était un véritable plaisir. Vous m'avez confirmé que cet homme avait le même physique que votre James, que notre descendant, à George et à moi. Je reconnais en lui les traits de mon époux, et plus étrangement une certaine ressemblance avec moi-même, ce qui est quelque peu perturbant. Je pus en apprendre un peu plus sur lui, sur son histoire dans ce monde, sur la vie de la Lizetha d'ici. J'ose espérer que lorsque tout ceci rentrera dans l'ordre, cette Lizetha et cette Julie auront une vie bien plus heureuse et sortiront de ce maudit asile.

Nous explorâmes la moitié du terrain, fouillâmes les bois, remuâmes les feuilles, les branches, les pierres, malheureusement nous ne trouvâmes rien… Puis la nuit tomba rapidement et James rejoignit Benjamin. Je pus constater que vous n'aviez, vous non plus, rien trouvé.

Dès demain, nous recommencerons, nous avons encore beaucoup à examiner.

Je pus répondre à George ce que vous m'avez appris. Annabelle semble agitée à chaque fois que je la vois. Cette pauvre fille, enfermée à jamais dans ce labyrinthe semble être devenue une véritable guerrière. Nul doute qu'elle se bat quotidiennement contre des créatures maléfiques, que la solitude lui pèse de jour en jour… Je ne sais point quoi faire pour elle, j'aimerais tant l'aider, la rendre à mon George, mais je ne connais rien de sa vie, de ce qu'elle a vécu depuis toutes ces années. Et je dois dire qu'elle ne parle pas beaucoup.

Elle semble s'être résignée. Peut-être même qu'elle semble aimer cette tâche qui lui fut assignée malgré elle…

Elle ne passe pas beaucoup de temps à la surface, voilà ce qu'elle m'a confié, le souterrain est sa maison.

Je l'ai donc interrogée plus en détail sur cet antre qui m'est totalement inconnu, mais elle sembla à nouveau bien réservée.

— C'est un monde à part, murmura-t-elle, comme si elle ne voulait pas être entendue. Je m'y sens bien, le calme est reposant. Dans les tréfonds, plus en profondeur, il y a un petit coin tranquille, c'est là que je suis. La chaleur y est agréable, et l'odeur rassurante. J'entends les animaux, le chant de la nature. Rassurez-vous, mon monde est bien plus confortable.

— Les animaux, répétai-je troublée, et la nature ?

Elle secoua la tête.

— Je dois y aller, le temps que je passe ici avant qu'elle ne s'en aperçoive est compté. Je vous retrouverai demain.

Quelle conversation troublante, Julie, elle parlait du souterrain comme s'il était un monde ouvert. Se pourrait-il que la magie du labyrinthe soit encore bien plus vaste que ce que nous pouvons imaginer ?

Se pourrait-il qu'un autre univers prospère s'y trouve ?

Devoir m'enfermer dans cette chambre m'est de plus en plus insoutenable. Éviter les autres patientes et ce docteur Lietkov devient un véritable tour de force, surtout ce soir. Si nous pouvions au moins être ensemble, cela serait bien plus facile… Rien que de maintenir un certain degré de décence est très compliqué, les douches sont bien loin, perdues au fin fond de ces couloirs tristes et inquiétants.

Une fois de plus, je vous remets cette lettre, la déposant dans la fine brèche de ce mur fatigué. Espérons que demain soit une journée placée sous le signe d'un bon augure.

Lizetha.

Lizetha,

Lietkov n'est plus une menace.

Je fus contrainte de le suivre ce matin, alors que je m'apprêtais à rejoindre Benjamin. Deux infirmiers vinrent me chercher dans ma chambre. Je ne voulus pas les suivre bien sûr, mais ils me forcèrent la main, m'empoignant de toutes leurs forces. J'essayai de me débattre, mais Lietkov avait tout prévu. L'un d'eux m'injecta un calmant.

Ils me traînèrent dans le couloir, passant devant la grande porte d'entrée, c'est là que Benjamin croisa mon regard. Il se jeta sans crier gare sur l'un des infirmiers, venant à mon aide. Malheureusement, deux autres employés intervinrent. James, que je voyais en retrait décida à son tour d'intervenir. Une bagarre éclata alors, et un chaos sans nom prit place dans l'enceinte. Les patientes commencèrent à se rassembler en un seul et même groupe, encerclant James, Benjamin et leurs assaillants. Tandis que l'homme qui me maintenait avançait désormais plus rapidement, d'autres femmes vinrent à notre rencontre. L'homme avait beau avoir l'air grand et fort, ces femmes étaient bien plus effrayantes que lui. Il paniqua rapidement, mais sans jamais me lâcher. J'entendis soudain la voix de Thomas s'élever derrière moi, l'infirmier n'y prêta aucune attention continuant d'avancer vers le sous-sol, là où se trouvent les salles expérimentales de Lietkov.

Je distinguais chaque patiente plus ou moins en détail dès qu'elle me frôlait, repoussée par l'infirmier d'un geste ferme, mais tremblant. Certaines semblaient absentes, d'autres au contraire bien trop présentes. Comme Gemma, la femme aux cheveux noirs, habituellement si fragile et en retrait, qui avait là le regard plus sombre que jamais et un sourire si malsain qu'elle me fit frissonner. Ses mains cherchèrent à tout prix à m'atteindre. Des mains recouvertes de signes étranges, et des ongles noircis de terres. Je sentis ses griffes érafler ma peau, lorsque l'homme me resserra dans son étreinte. Elle arborait un visage démoniaque, ses dents se serrèrent et un sifflement perçant en sortit. Elle se jeta sur l'infirmier le forçant enfin à me lâcher.

L'on aurait pu croire qu'elles étaient avec moi, qu'elles cherchaient à me tenir à l'écart de Lietkov et de ses expériences, mais ça n'était pas du tout le cas.

Le pouvoir d'Orya s'est répandu comme un poison. Elle possède l'âme, le corps de toutes ces patientes.

Gemma agrippa sa proie avec force, l'obligeant à reculer vers les verrières, laissant alors le champ libre à d'autres furies pour venir s'emparer de moi. Une vieille dame arriva à ma hauteur, à demi courbée, les bras si fins qu'ils ressemblaient à s'y m'éprendre à de longues pattes d'araignée. La nausée me saisit au moment où ses dents pénétrèrent ma chair. Elle en arracha un morceau avant de vouloir réitérer son geste. C'est alors que j'entendis un son particulier fendre l'air ; sa tête se détacha lentement de son cou et glissa sur le sol. Thomas, épée en main, me releva difficilement. Nous dûmes prendre le seul chemin qui s'ouvrait à nous, le sous-sol. Il referma rapidement la porte derrière nous avant de la verrouiller, laissant là ces démons s'acharner sur la seule barrière qui nous séparait d'eux.

— Nous devons aider Lizetha, Benjamin et James, réussis-je à marmonner.

— Ils vont bien, je leur ai apporté mon aide avant de vous trouver. Ils sont sortis du manoir à temps. Ils nous retrouvent au labyrinthe.

Le sang qui coulait de ma plaie se répandait trop rapidement sur le sol. Thomas dut stopper notre fuite afin de réduire le plus possible son débit. Nous entrâmes dans l'une des salles ouvertes, tandis qu'il cherchait à la va-vite ce qu'il fallait pour arrêter le sang de couler, je me permis de me laisser aller quelques secondes. Je me sentais si proche de l'évanouissement à cet instant, mais une douleur dans le cou me réveilla instantanément.

— Désolé, mais vous ne devez pas vous endormir. Ce n'est pas du tout le moment ni le lieu.

Il déversa la moitié d'une bouteille sur la plaie, ce qui m'arracha un cri de douleur, avant de la nettoyer avec plusieurs compresses et d'y ajouter un bandage.

Plus réveillée que jamais, nous repartîmes en quête d'une sortie.

Le bruit avait interpellé le docteur Lietkov qui vagabondait dans le couloir. Ni une ni deux, Thomas lui sauta dessus. C'était l'occasion rêvée de récupérer la pierre de vie.

— Docteur Lietkov, grogna Thomas en le prenant par le col, je crois que le moment est venu pour vous de me remettre quelque chose !

L'entraînant dans son bureau, il le poussa dans son fauteuil.

Thomas ne semblait plus du tout être le même homme, une certaine aura effrayante émanait de lui à cet instant. Ses yeux étaient plus sombres, ses gestes plus rapides et sa mâchoire semblait bien plus proéminente que la normale. Un trait de caractère que j'avais déjà pu voir auparavant sur James, et à n'en pas douter, le même que vous, Lizetha, aviez dû voir sur George.

Lietkov semblait minuscule, recroquevillé sur lui-même, à côté de Thomas.

— Que se passe-t-il ? articula-t-il difficilement.

— Les conséquences de votre curiosité malsaine, voilà ce qu'il se passe, grogna Thomas. Donnez-moi la pierre, et tout ceci ne sera qu'un simple cauchemar.

— Alors vous aussi vous faites partie de toute cette machination !

— Je n'ai pas le temps pour vos babillages, Lietkov ! Donnez-nous la pierre !

Le docteur, totalement apeuré, montra du doigt une boite en fer, face à lui, posée sur un meuble contre le mur. Je m'en approchai pour l'ouvrir et fut heureuse de revoir enfin cette pierre précieuse. Instinctivement, je la pris dans les mains.

Je n'aurais jamais pensé que ses pouvoirs pouvaient fonctionner ici ! Une lueur s'en échappa et vint recouvrir entièrement mon bras, en de petites vagues de fumée. Quand elle s'évapora, je sentis la douleur s'évanouir en même temps. Je retirai mon bandage déjà rouge de sang et découvris que toute blessure avait disparue.

Je pris une profonde et longue inspiration.

Je ressentis alors quelque chose de familier : une autre source de pouvoir se trouvait dans cette pièce, je la ressentais.

— Où est l'autre pierre ? demandai-je sans perdre de temps à Lietkov.

Thomas fut surpris de ma question, mais ne tarda pas à le secouer davantage afin qu'il nous donne une réponse.

— Je… je ne vois pas de quoi vous parler…

— Ne mentez pas ! Je peux la sentir, je sais qu'elle est ici.

Pourtant, son regard ahuri m'affirmait bien qu'il ne savait pas du tout de quoi je parlais.

Je me remémorais alors votre lettre, le fait qu'il eut mis la main sur la pierre de vie était une pure coïncidence. Et si la pierre du temps était dissimulée de la même manière ; dans une statue.

Les cris dans le couloir s'intensifièrent. Les choses, là dehors, avaient dû trouver un moyen de passer. Thomas verrouilla la porte et dégaina son arme.

Le temps pressait.

Je parcourus rapidement la pièce, et chaque statuette qui croisa mon regard finit au sol, en mille morceaux. Au bout d'une dizaine de figurines, je commençai à douter de mon instinct, mais lorsque je jetai la représentation grecque de Hébé, la déesse de la jeunesse, une lueur turquoise s'échappa des fragments.

Alors que je me penchais déjà pour la saisir, Thomas hurla un « Non ! » des plus féroces.

— Vous portez déjà la pierre de vie ! Elles ne doivent pas être réunies maintenant, pas ici !

Il se détacha de la porte et la récupéra, avant de l'enfouir dans sa poche.

— Nous devons gagner le labyrinthe, dit-il.

— Et comment faisons-nous cela ? Nous sommes au sous-sol.

— Je vois que vous ne connaissez pas encore cette demeure par cœur. Suivez-moi.

Nous quittâmes le bureau sous le regard incrédule de Lietkov qui n'avait qu'une envie, nous suivre de près. Mais je crois que sa fierté était encore présente. Il referma la porte à clé derrière nous, tandis que l'épée de Thomas fendait déjà l'air.

— Prenez sur votre gauche et courez jusqu'au fond, je suis sur vos talons.

Écoutant ce qu'il disait, je me retrouvais face à un mur de pierre.

— Je crois que c'est une impasse, êtes-vous certain que ce manoir est bien le même que le nôtre ?

— J'en suis certain, dit-il, tapotant le mur à la recherche d'une brique mouvante.

Le mur se détacha alors pour pivoter sans attendre. Nous nous retrouvâmes dans un souterrain bien plus poussiéreux que je ne l'aurais voulu.

Nous courûmes une bonne dizaine de minutes avant d'atteindre un escalier de pierre en bien mauvais état.

— Faites attention où vous mettez les pieds.

— Où donne cette grille ? demandai-je, inquiète.

— Dans les cuisines. Nous ne devons pas perdre de temps. Nous devons rejoindre le labyrinthe le plus rapidement possible.

— Rejoindre James, Benjamin et Lizetha… Comment pourrons-nous nous retrouver ensemble, vous savez bien que c'est impossible.

— Nous n'avons pas le choix, nous improviserons sur place. Venez !

Thomas me tendit sa main afin que je franchisse la dernière marche absente. Nous nous retrouvâmes en effet dans la cuisine, vide, une chance.

Moi qui m'attendais à retrouver un brouhaha identique à celui qu'on entendait il y avait de cela une bonne heure maintenant, je fus plus que surprise de ne trouver que calme et silence emprisonnant les murs. Alors que, sur nos gardes, nous nous dirigions vers la porte arrière, nous remarquâmes que celle-ci était verrouillée. Thomas ne chercha pas la cause et ne se prêta aucunement à la réflexion, il ramassa une grosse marmite en fer et la jeta contre. Tout ce qu'il obtint fut un immense fracas, mais absolument rien de brisé. Le verre de la porte n'était même pas ébréché.

— Fichtre ! lança-t-il.

Cette Orya se jouait bien de nous.

N'ayant pas d'autre choix, nous sortîmes des cuisines, passant la grande salle à manger, et nous retrouvâmes dans le couloir. Personne. Ni patientes ni personnels…

Quelques pas en direction des chambres nous apprîmes votre position, la voix de Benjamin s'élevant en écho. Je commençai à courir afin de vous rejoindre le plus rapidement possible, mais Thomas me stoppa.

— Et si c'était un autre piège, murmura-t-il.

Il avait raison, mieux valait être prudents.

Ce fut lui qui passa en premier, son épée levée. Nos bruits de pas durent vous alerter, car nous vîmes Benjamin sortir sa tête de l'encadrement de la porte. Il eut un mouvement de recul lorsqu'il aperçut l'arme de Thomas.

— Woh ! lâcha-t-il. C'est bien nous, vous pouvez baisser votre lame.

— Qu'est-ce qui me prouve que c'est bien vous ? demanda Thomas.

Il tendit la main et l'ouvrit, au creux de sa paume se trouvait une chevalière. Celle de Thomas, visiblement.

Il abaissa son épée et entra dans la chambre, tandis que Benjamin sortit et me prit dans ses bras.

— Est-ce que tu vas bien ? Tu n'es pas blessée ?

— Non, tout va bien et Lizetha ?

— Elle va bien. Nous étions proches du labyrinthe quand tout à coup, il y a eu un changement très étrange qui nous ramena ici, dans le manoir. Une sorte de tornade. C'est… Je ne sais même pas comment l'expliquer.

— Il semblerait que nous soyons coincés ici. Nous avons trouvé les pierres, avouai-je. Nous devons désormais atteindre le labyrinthe pour sortir d'ici.

James sortit à son tour de la chambre afin de savoir ce que nous devions faire à présent.

A part quitter ce manoir pour rejoindre le dédale, rien n'était certain, et nous en fîmes encore les frais.

Le temps s'arrêta, James et Benjamin se figèrent, je vis les murs du manoir s'étendre en une vague de couleurs disparates. Le couloir, les fenêtres, furent pris dans une sorte de tourbillon comme si l'on étalait de la peinture fraiche. Tout commença à tourner, doucement, puis de plus en plus vite. Le vertige me gagna. Puis ce fut les ténèbres.

J'ouvris les yeux.

Je me retrouvais allongée sur mon lit, dans cette chambre, dans ce manoir, toujours dans cet asile.

Un cognement contre le mur et votre voix s'élevant me rassurèrent derechef. Nous venions de faire un bond dans le temps. Un retour en arrière.

Orya a plus d'un tour dans son sac.

À votre demande, voilà donc le récit de mes dernières vingt-quatre heures. J'attends le vôtre avec impatience.

Lizetha.

Julie,

Votre récit est bien plus palpitant que le mien.

Alors que je sortais de ma chambre pour rejoindre James, ce fut lui que je vis courir vers moi en compagnie de Benjamin. Tous deux suivis par une horde de femmes violentes et folles.

Ils me prirent par le bras dans leur course, où nous courûmes jusqu'à la cuisine. Nous passâmes alors aisément la porte, nous retrouvant à l'extérieur. Là encore, nous dûmes nous dissimuler dans la forêt, là où bien des choses peuvent se cacher elles aussi. Nous dûmes attendre une bonne dizaine de minutes derrière une bordure, laissant passer des créatures à l'allure humaine, mais qui n'en était pas.

Le silence était pesant, entrecoupé par des cris effrayants.

Je savais qu'il se passait quelque chose d'important, quelque chose qui laissait entendre que nous arrivions au bout de nos mésaventures dans ce monde.

Lorsque nous vîmes avec horreur toutes ces choses retourner près du manoir, nous nous mîmes à courir en direction du labyrinthe comme nous l'avait demandé Thomas. Malheureusement, Orya intervint et nous expulsa par un quelconque sortilège à l'intérieur du manoir, là où toute âme semblait avoir disparu.

Il me semble cependant avoir entraperçu dans le labyrinthe, le visage d'Annabelle ainsi que celui d'une autre femme.

Mais comment pourrais-je l'affirmer maintenant alors qu'une fois de plus Orya s'est jouée de nous, et nous a renvoyés un jour plus tôt.

Dites-moi Julie, depuis ce matin, depuis ce changement, est-ce que les pierres sont toujours en votre possession ?

Lizetha

Echanges de petits mots entre Lizetha et Julie

Lizetha, la pierre de vie se trouve bien en ma possession. Mais pour celle du temps, Thomas l'avait sur lui. Je pense qu'il doit l'avoir. Il faut aller le trouver. Mais ce bond dans le passé ne semble pas s'être déroulé de la manière dont Orya l'espérait.

> Que voulez-vous dire ?

Je pense qu'elle nous a envoyés un jour plus tôt, afin que nous oubliions où se trouvaient les pierres, afin qu'elle puisse en prendre possession.

Allez voir Benjamin et James, si tel est bien le cas, eux ne se souviendront de rien. Si ce que j'avance est exact, vous devrez rejoindre le labyrinthe avant qu'elle ne s'aperçoive de quelque chose. Je me charge de Thomas et vous rejoins là-bas.

Vous avez sans doute raison, nous ne devons plus
perdre de temps. Nous devons lui laisser croire qu'elle a
l'avantage. Je dirais à James et à Benjamin que nous
chercherons les pierres ensemble près du dédale.
À plus tard mon amie. Prenez soin de vous.

Prenez soin de vous également. Nous vous rejoignons.

Lettre de George à Lizetha

Ma Lizetha,

Après avoir remis ma dernière lettre à Annabelle, Misha et moi-même nous sommes rendus en ville à la recherche du moindre indice nous permettant de trouver Ophélya.

Sur les conseils d'Henry, nous sommes allés saluer une vieille tante qui, à l'époque, séjourna à GrandArmour au même moment que notre inconnue. Nous pensions qu'avec un peu de chance, elle saurait nous aiguiller sur son sort.

Me connaissant désormais, vous imaginez combien il me fut difficile de braver la foule de la ville, dans ces rues recouvertes de boue, où le monde et le brouhaha n'avaient de cesse de me rappeler que cet endroit, n'était nullement fait pour moi. La malédiction des DeMats, cette bête recluse depuis bien des années, s'acharnait à vouloir sortir à tout prix. Bien sage fut la décision d'avoir Misha à mes côtés. Son don naturel à comprendre mon état nous permit à maintes reprises d'éviter quelques altercations.

Vivre à la campagne est une véritable source de sérénité.

Nous avons bravé le vent et la pluie, mais nous avons finalement réussi à nous rendre au domicile de Sissi Brentwood. Bien triste nous fut alors la nouvelle de son état de santé. La pauvre vieille dame avait perdu la tête, il y a bien des années, laissant là une enveloppe de chair vide de toute âme. Mais alors que nous étions sur le point de rebrousser chemin, une jeune femme du nom de Lorena vint nous demander la raison de notre présence en ces lieux.

— Madame, excusez notre démarche un peu cavalière, nous aurions dû vous prévenir de notre venue. Nous sommes à Londres, car nous recherchons une amie. Je me souviens que votre grand-mère avait séjourné à GrandArmour en même temps que cette lady. Je supposais qu'elle aurait peut-être des informations la concernant à nous communiquer.

— Vous êtes donc un DeMats, dit-elle d'un ton admiratif.

— Quel maladroit je fais, m'enquis-je, je me présente, George DeMats et voici mon beau-frère, Misha D'Orcourt.

La jeune demoiselle parut soudain véritablement plus jeune que son physique ne le laissait sous-entendre. Bouche bée, elle mit quelques secondes avant de faire la révérence.

Non habitué à ce genre de comportement, car non habitué au monde, je me sentis bien mal à l'aise avec toutes ces civilités.

— Je... pardonnez-moi, dit-elle enfin. Je ne vous avais pas reconnu. Grand-mère parlait très souvent du manoir et de votre famille.

— Il n'y a pas de mal, Miss.

— Je peux peut-être essayer de vous aider, s'enquit-elle. Grand-mère me parlait beaucoup, le nom de votre amie pourrait m'être familier.

— Oh, oui, bien sûr. Il s'agit d'Ophélya Lildéchamps.

Une petite lueur d'amusement apparut soudain dans son regard, je n'aurais su dire pourquoi avant qu'elle ne réponde.

— La fée ? Excusez-moi, mais… êtes-vous absolument certain que c'est le nom que porte votre amie ?

— Nous en sommes certains, oui. Pourquoi ? Pourquoi avoir dit le mot fée ?

— Eh bien, pardonnez mon impertinence, Monsieur, mais Ophélya Lildéchamps est le nom que portait la fée dans les histoires que Grand-mère me contait pour m'endormir.

— Je vois, sans doute a-t-elle aimé, plus que de raison le nom de notre amie commune et l'a utilisé dans le but de vous divertir.

— Oui, c'est une possible raison en effet.

— Bien, que pouvez-vous nous dire au sujet de cette fée ? demandai-je bien sérieusement.

— Vous… vous voulez réellement que je vous conte ces histoires ?

— Les grandes lignes, cela va s'en dire, répondit Misha avant que je ne le fasse de façon un peu plus impatiente.

— Veuillez me suivre dans le petit salon. Aude, apportez-nous du thé, je vous prie.

Nous suivîmes donc cette jeune demoiselle au petit salon, nous eûmes la surprise de découvrir dans un fauteuil, installée au coin du feu, devant la fenêtre donnant sur le jardin, ma vieille tante Sissi. Ce fut presque un choc de la voir ainsi.

Une fois cette surprise passée, nous nous installâmes et écoutâmes sagement Lorena. Cependant, je sentais que notre présence en cette demeure ne passerait nullement inaperçue. Une vague de chaleur se déplaça du seuil de la pièce en son centre, stagnant au-dessus de nous. Je ne fus pas le seul à ressentir cette chose étrange, Misha ne cessait de jeter un œil au plafond, puis dans ma direction.

Tandis que la jeune femme s'évertuait à se rappeler les détails des contes pour enfants que lui contait Sissi, quelques détails importants se gravèrent dans ma mémoire parmi plusieurs de ces histoires bien trop farfelues pour être réelles.

Mais qui suis-je pour dire ce qui peut être réel ou non ?

Voici, mon épouse, un résumé de ces contes :

Ophélya Lildéchamps, déité fée du royaume d'OdeVan, était la grande gardienne de son monde féérique où toutes espèces animales, végétales et humaines vivaient en harmonie.

Une paix qui fut remise en question lors de l'arrivée d'Orya, sa sœur aînée.

Le mot guerre, que nul ne connaissait en ces contrées, devint un mot qui prit tout son sens lorsque les soldats d'Orya, créatures maléfiques, s'attaquèrent à ce monde pacifique.

Ophélya, refusant tout affrontement envers sa sœur et autre être vivant, s'enquit de guider son peuple vers un autre monde. Mais après bien des recherches, et bons nombres d'assauts essuyés, Ophélya dû se rendre à l'évidence, OdeVan était le dernier endroit où la paix était ancrée dans tout un chacun. L'évidence même lui apparut alors : OdeVan mourrait dans la cruauté et l'affliction entre les mains d'Orya.

Comment pouvait-elle donc se battre contre sa sœur, tout en respectant ses plus anciennes valeurs, et le précepte même qu'elle avait amené à OdeVan : la paix ?

Sagesse et harmonie étaient la clé qui avait fait vivre son peuple pendant des milliers d'années. Elles ne pouvaient disparaître ainsi, englouties par l'insouciance et l'inhumanité d'une Puissance qui aurait dû être l'incarnation même de la sérénité.

Ophélya réfléchit encore et encore, observant sa sœur, rejetant son aversion, absorbant son acharnement.

Ce fut alors qu'une idée jaillit, une action de paix serait menée, un acte sans conséquence sur son royaume, une démarche qui respecterait tout ce qu'elle avait créé, mais qui réduirait Orya dans un silence qui suffirait à remettre en ordre OdeVan. Dans son immense bonté, Ophélya ne voulait aucun mal à Orya, bien que celle-ci eut déjà détruit la moitié de son royaume, jonché de cadavres qu'elle avait laissés dans son sillage.

Au contraire, Ophélya comptait protéger sa sœur de sa propre fureur. Pour se faire, elle créa une cage. Une immense prison entre le royaume d'OdeVan et le royaume des hommes. Là où aucune âme ne viendrait fouiller les entrailles de la Terre.

Ophélya matérialisa un tracé sinueux représentant toutes les décisions qu'avait pu prendre sa sœur, dans un cercle unique symbole de la perfection d'OdeVan qu'Orya s'acharnait à vouloir détruire. Cette cage, reproduction de son âme torturée, représentait un véritable labyrinthe. Un dédale que jamais elle ne parviendrait à quitter.

Afin d'être certaine de sa décision, Ophélya convia Orya à un pourparler. Cette dernière accepta non sans avoir une idée en tête ; mettre fin une bonne fois pour toutes au règne de sa sœur.

L'une en face de l'autre, chacune à sa manière accusait le coup. Lorsqu'Ophélya demanda la paix à sa sœur, celle-ci ordonna à ses créatures d'attaquer.

Ophélya répondit geste pour geste. De hauts murs de fer, matérialisés par une épaisse fumée turquoise et indigo, se dressèrent tout autour d'Orya. La puissance des pouvoirs d'Ophélya était sans limites, bien plus conséquents que ceux de sa sœur aînée. Bien qu'elle ne les utilisait que très rarement, se contentant d'une vie normale, Ophélya savait que ses dons étaient incommensurables.

La fureur d'Orya s'abattait sur les murs qui se formaient. De plus en plus haut, de plus en plus sombre, le dédale se formait au fur et à mesure des attaques d'Orya et il ne cesserait de grandir tant que celle-ci n'aurait accepté sa défaite.

De jour en jour, d'année en année, le labyrinthe grandissait encore et encore, se répandant sous la terre des hommes, recouvrant le royaume tout entier d'OdeVan. Un sacrifice qu'Ophélya accepta avec quiétude, inculquant à nouveau à son peuple les préceptes de son royaume. Mais, épuisés par ces siècles d'édification, les pouvoirs d'Ophélya finirent par *s'amenuiser. Et toutes ses années de bruits furtifs contre les murs laissèrent place à un rire foudroyant.*

Ophélya continua à vivre à OdeVan, puis lorsque son royaume cessa de vivre, quand la dernière âme assez pacifiste pour y vivre rejoignît les dieux, elle franchit la ligne du royaume des hommes, là où une tout autre vie l'attendait.

Elle fut d'ailleurs surprise de découvrir que là où le cœur d'OdeVan résidait, là où le centre du dédale résonnait, un autre labyrinthe s'était formé.

Alors certaine qu'un jour elle aurait à revenir chez elle, dans son royaume, Ophélya plaça de ce qui restait de ses pouvoirs dans deux pierres quelconques qui devinrent pierres précieuses. Elle prit le temps de les dissimuler là où personne ne pouvait les trouver.

Une vie humaine l'attendait désormais.

Mais, les pouvoirs qu'elle dissimula se lièrent étrangement à ceux de sa sœur. Une emprise voilée pour toutes deux ; des pouvoirs autonomes répondant au besoin de liberté d'Orya. Un univers miroir se créant, là où des siècles d'enfermement pour cette déesse pernicieuse, devint un lieu de contentement certain.

Des pouvoirs qui se montrèrent aux yeux des Hommes dans un monde confus, des pouvoirs qui entraînèrent leur surveillance, faute à la convoitise de l'Homme qui entraînerait leur chute.

Le temps passa pour Ophélya avant que son retour devant le labyrinthe ne soit contraint, sentant sa vie décliner bien trop vite pour une déesse sans âge. Ce fut-là qu'avec horreur, elle s'aperçut du sort que la vie lui avait réservé. Une destinée qu'elle n'avait jamais

Voilà qui pourrait être l'origine de tout. Les prémices de notre destinée. Et voilà ce qui expliquerait bien des choses.

Lorena concluait avec le dernier conte que lui murmurait sa grand-mère avant que la folie ne l'emporte. L'histoire d'un homme loup venu mettre la main sur la fée Ophélya afin qu'elle embrasse enfin sa destinée.

— Dites-moi, monsieur DeMats, êtes-vous cet homme loup ?

Cette question brisa mes réflexions. Elle me fit l'effet d'un coup de foudre. Misha s'apprêta à répondre à ma place, voyant que le silence qui s'installait devenait presque inconfortable. Mais personne n'eut à faire quoi que ce soit. Sissi se redressa dans son fauteuil, pivotant son visage rachitique vers nous. Lorena n'en croyait pas ses yeux. Je sentis même émaner de cette frêle silhouette une peur embarrassante. Ce fut d'un sursaut altéré que la vieille dame se leva, levant vers moi des mains à faire pâlir de nombreux archéologues, semblables à deux bras de momie, elle s'avança d'un pas léger en ma direction.

Je pris sur moi, une fois de plus, contrôlant ma véritable nature, mais plus je me battais pour garder cette bête en moi, et plus elle était désireuse de sortir.

Un homme loup, une bête cruelle, une créature de légende.

Non, je ne suis pas cela, jeune Lorena, je suis bien plus, investi d'un destin ineffable.

La vieille dame s'enquit de continuer sa démarche protectrice vers moi, elle tint à me murmurer un avertissement sur le danger qui guettait. La source de chaleur décida à cet instant de plonger sur nous. Mais plus agile et rapide, Misha attrapa cette entité d'une poigne mesurée, autour de ce qui semblait être sa gorge. Acculée contre le mur, sa véritable forme apparut un peu plus à nos yeux. Se pourrait-il que nous ayons enfin mis la main sur cette Ophélya, reine des fées, déesse d'un monde préexistant ?

Lorena soutenait sa grand-mère malhabilement, tandis que celle-ci tentait d'articuler quelques mots.

Ma nature fut révélée malgré moi à cette famille et à cette déesse. À cet instant, la chevelure rouge d'Ophélya apparut plus distinctement, son visage pâle et son corps entier prient une forme plus humaine. Misha relâcha délicatement sa poigne sentant que la menace s'éloignait.

— Vous êtes un gardien ? demanda la femme.

— En effet, répondis-je essayant de refréner une fois de plus l'enclenchement de ma métamorphose.

— Pourquoi êtes-vous si loin de ce que vous devez garder ?

— Parce que votre sœur détient ma femme, et que je ferai tout pour la retrouver.

— Orya ? Mais elle ne peut intervenir dans ce monde !

— Et pourtant elle l'a fait, qui plus est, pour une raison que j'ignore encore, elle a emporté ma femme dans un autre monde où je ne puis me rendre moi-même.

Nous sommes ici, Ophélya, si je puis vous appeler ainsi, afin de vous demander votre aide.

Tandis que je formulais le plus poliment possible notre requête, je fis signe à Misha de la lâcher entièrement, bien que nous devions tout de même garder un œil sur cette femme.

— Je ne peux pas vous aider, murmura-t-elle. Je… ne peux rien contre elle…

Prenant une fois de plus sur moi, je m'approchais d'elle. Grande, frêle, très charismatique, son regard évitant parfaitement de croiser le mien, je la sentis se refermer sur elle-même.

— Le labyrinthe est de votre fait, notre rôle ici est de votre fait, alors j'ose espérer un tant soit peu d'humanisme dans ce qu'il reste de votre carcasse divine. Ma femme, une gardienne, est en danger, et je donnerais ma vie pour elle. Soit vous nous suivez de votre propre gré, soit nous ferons en sorte que votre route vers GrandArmour se déroule le plus inconfortablement possible.

Certes, je n'y suis pas allé de main morte, et cela ne me ressemble aucunement d'agresser ainsi verbalement une femme, mais pour vous, Lizetha, pour vous revoir chez nous, je suis prêt à donner mon âme au diable.

Ophélya s'apprêtait soudain à reprendre sa forme spectrale, je tentais de lui saisir le bras avant qu'elle ne s'échappe, malheureusement je n'avais pas les pouvoirs de Misha. Une chance qu'il ait des réflexes de félin ; sa main gauche saisit son bras, puis de la droite il empoigna son cou et la ramena contre le mur.

Le visage grave d'Ophélya et le regard sombre qu'elle portait à cet instant sur Misha montraient à quel point elle avait pu être forte et féérique. Mais à cet instant, elle se demandait sûrement pourquoi un simple humain arrivait à la maintenir prisonnière.

— Les temps changent, dis-je.

Avant de partir, nous eûmes la promesse de Lorena qu'elle garderait ce qu'il venait de se passer pour elle. Étant de la famille, elle se devait de préserver le secret de GrandArmour, c'était son rôle à présent. Ma tante semblait avoir retrouvé une pointe de raison, mais pour combien de temps, je ne saurais le dire… Elle nous regarda partir, emmenant avec nous Ophélya.

Dans la calèche, sur le chemin du retour, l'état de Sissi m'intriguant, je demandais à Ophélya si elle en était la cause. D'un simple regard, je sus. Son apparente jeunesse et le vieillissement prompt de ma tante étaient du même fait. Ophélya se nourrissait de celle qui avait juré de protéger GrandArmour, par conséquent, sa propre personne…

— Vous ne comprenez pas, dit-elle. Elle a accepté. Je ne l'ai pas forcée.

— Alors pourquoi vous a-t-elle décrite comme un danger ? demanda Misha.

— Vous auriez dû depuis longtemps retourner au labyrinthe, continuai-je. Le sort d'Orya, le sort de GrandArmour est de votre fait.

— J'ai commis une erreur, oui, acquiesça-t-elle, mais le pouvoir d'Orya est désormais bien plus fort que le mien. Je ne peux pas vous aider.

— Nous voulons la clé, précisai-je, rien de plus. Je me chargerai moi-même de votre sœur, si vous n'en êtes pas capable.

— La clé ?

— Celle qui mène au monde miroir.

— Il n'y a jamais eu de clé… Je… je ne sais pas de quoi vous parlez…

— Et l'histoire, celle où vous y faites mention ?

— Je… je n'ai jamais écrit ou raconté quoi que ce soit sur une clé ou autre.

— Se pourrait-il, commença Misha à mon égard, qu'il s'agisse d'un des contes de votre tante ?

— Il se pourrait en effet… Une simple histoire…

Je m'installais plus profondément dans le siège jusqu'à notre retour à GrandArmour, observant le pauvre Misha, obligé de maintenir le contact avec notre nouvelle amie.

Lorsque les grilles de la propriété s'ouvrirent, nous descendîmes à proximité du labyrinthe, il n'y avait plus une seconde à perdre. Malheureusement, Ophélya brisa bien rapidement notre enthousiasme.

— Je ne pourrais vous mener à Orya seulement si toutes les conditions sont réunies.

— Je vous demande pardon ? dis-je, retenant mon agacement.

— Les pouvoirs d'Orya maintiennent son monde à flot grâce à la force qu'elle a acquise tous ces siècles durant. Il nous faut une pleine lune, une lune bleue de préférence. Là, nous pourrons rejoindre sa prison.

— Nous ne voulons pas rejoindre sa prison, nous voulons retrouver ma femme !

— Dans le monde miroir, oui, me coupa-t-elle. Comment croyez-vous que celui-ci existe ? Les pierres enterrées ont changé sa cage en prison dorée. Là où je ne voulais que des murs, elle se bâtit un véritable monde, empruntant au vôtre évidemment. Ma rapide visite, il y a bien des années, me permit de voir ce qu'il en était. Je ne peux vous garantir que cela marche, mes pouvoirs se sont presque envolés. Les pierres ne sont plus là, je peux le sentir. Tout s'est brisé… Je suis brisée…

— Vous êtes brisée, répétai-je. Une déesse, une reine fée, comment cela se peut-il ?

— Vous devriez déjà connaître la réponse, murmura-t-elle, vous qui pourriez donner votre vie pour votre femme…

— Alors c'est cela, dis-je. Un amour brisé. Comment a-t-il pu vous faire cela ? complétai-je afin d'attiser sa curiosité.

La présence de Thomas à vos côtés, ma Lizetha, pourrait-être la clé de son aide volontaire.

— Il… dit-elle le regard embué, il a disparu. Je pensais que vous ne vous en rappeliez pas…

— Comment aurais-je pu oublier l'amour que Thomas vous portait. Une femme m'arrachant mon meilleur ami. Je n'aurai jamais cru qu'un tel lien puisse exister entre un homme et une femme jusqu'à ce que mes yeux croisent ceux de ma Lizetha. Quand Thomas a-t-il disparu ?

— Il y a vingt ans.

— Et comment cela est-il possible ?

— Je ne l'explique pas moi-même… Il possédait pourtant la marque. Je lui avais donné une partie de mes pouvoirs. Il devait protéger le labyrinthe.

— Vous avez fait de lui un geôlier tandis que nous sommes devenus des gardiens. N'aurait-il pas été plus simple de vous montrer à nous, afin que nos destins soient identiques ?

— Qui ne commet pas d'erreur ?

— Si je vous confie où se trouve Thomas, nous aiderez-vous de votre plein gré ?

— Vous… vous savez où il se trouve ?

— Je vous laisse deviner.

Elle regarda le labyrinthe avec une grande peur. Je lui confirmai ses craintes.

— Le temps nous joue des tours, dis-je. Je vous laisse réfléchir. Mais je puis vous assurer que je vous dis la vérité.

Pour appuyer mes dires, je lui confiais votre dernière lettre. Des larmes roulèrent sur ses joues. Nous avions désormais son entier accord.

La pleine lune se profilera dans deux jours. Tiendrez-vous encore ces dernières heures ?

Je vous supplie de vous mettre à l'abri, de vous tenir éloignée d'Orya. Je peux compter sur Annabelle pour vous protéger. Ophélya m'a confié l'entrée de son royaume d'OdeVan.

Vous devez vous y rendre, c'est la seule façon de nous y retrouver.

Annabelle vous mènera au centre du labyrinthe, de là vous devrez creuser, encore et encore, toujours plus profondément. Les pierres vous ouvriront le chemin, et Annabelle prononcera les mots précis que je lui confierai.

Nous nous rapprochons, mon amour.
À très vite, votre George.

Mon aimé,

Nous avons franchi le portail d'OdeVan, non sans mal.

Annabelle n'a point tardé à m'apporter de vos nouvelles.

Votre lettre me comble de joie, je ne pus retenir les larmes qui coulèrent le long de mes joues après sa lecture, me pensant déjà dans vos bras. Votre étreinte, votre odeur, votre douceur et votre amour me manquent.

Votre histoire signe notre libération, toute proche. Cette Ophélya, bien que démunie de la force même de ses pouvoirs, reste une créature bien plus forte que nous tous réunis. Son amour pour Thomas sera notre salut.

Je pus d'ailleurs lui conter votre lettre dans les grandes lignes ; savoir que sa bien-aimée est toujours de ce monde l'a ravi, mais l'a également blessé au plus haut point. Ses souvenirs où il fut maltraité par Orya refirent surface ces dernières heures ; sa disparition il y a vingt ans, n'était qu'une partie de la vengeance d'Orya sur sa sœur. Jalouse de l'amour qui existait entre eux, elle appela Thomas au travers du labyrinthe et le fit entrer. Thomas y passa plusieurs années avant de réaliser que lui aussi, grâce au pouvoir des pierres que lui avait offert Ophélya, disposait de certaines capacités. C'est ainsi qu'il se réveilla enfin en dehors du dédale. Malheureusement, l'époque où il fut envoyé n'était pas la bonne.

Notre passage fut des plus complexes, ces derniers jours furent particuliers. Les pierres retrouvées, Orya s'engagea à ne point nous laisser pénétrer le labyrinthe, mais ce fut sans compter sur notre détermination. Je quittais le manoir en compagnie de James et de Benjamin, tandis que Julie s'occupait de chercher Thomas. Nous ne savions si ces dernières heures avaient comptées pour eux, comme elles comptèrent pour nous. Les deux garçons, bien sûr, n'avaient aucun souvenir de la veille, qui fut une journée que nous passâmes à nous dissimuler d'Orya et des résidentes de cet asile, devenues des marionnettes entre ses tentacules démoniaques. Mais de son côté, Julie réussit à mettre la main sur les pierres. Pour nous punir une fois de plus, Orya nous projeta en arrière, nous faisant revivre une fois de plus ce jour dont elle pensait sûrement pouvoir changer l'issue. Une chance que nous n'ayons point oublié. Les pierres en notre possession agissaient déjà.

Nous nous ruâmes donc dans la forêt, à la recherche du portail en fer ; là, il nous serait plus aisé d'y entrer. Je vis rapidement Julie et Thomas sortir du manoir et courir dans notre direction.

Annabelle se rua vers le portail afin de l'ouvrir, Orya n'était pas loin.

Mais lorsque je vis Julie se rapprocher et que ma vision se troubla en cet instant, je me demandais comment nous allions faire pour parvenir à nous échapper ensemble. Ce fut Thomas qui nous apporta la réponse. Prenant la main de Julie dans la sienne, je vis une lueur bleu foncé se répandre sur son bras. Julie sortit alors la pierre turquoise, et son éclat se lia à celui de la première.

Thomas la relâcha et se rapprocha de moi, pratiquant le même rituel. Grâce à la pierre de vie, je pus pour la première fois voir le visage de mon amie sans éprouver la moindre douleur. Julie me donna alors la pierre du temps, et sa puissance me marqua à son tour. Un symbole se grava dans le creux de mon bras, brillant de turquoise et d'indigo.

Malheureusement, le temps nous rattrapa, et nous ne pûmes partager la joie de cet instant solennel. Les racines du labyrinthe se soulevèrent, et un groupe de soldats et de patientes se ruèrent vers nous. Nous dûmes nous hâter.

La grille franchie, nous fûmes contraints d'abandonner James et Benjamin ; la réalité étant tout autre. Ce monde qui n'était pas le nôtre n'était pas non plus réel. Nous apprîmes à nos dépens qu'Orya avait plongé dans nos souvenirs et les siens, afin de créer cette ressemblance. Car lorsqu'arriva le moment d'entrer dans le dédale, nos deux alliés décidèrent tous deux de briser les rôles qui leur avait été impartis, se retournant contre nous. Ce fut Annabelle qui se chargea d'eux, sous nos cris de désespoirs et de honte. Bien qu'elle ne les tuât point, elle les laissa pour inconscients au seuil du labyrinthe.

La suivant désormais sur ses pas, nous courûmes à travers la végétation dense évitant les pièges que nous tendait Orya. Par chance, Annabelle connaissait cet endroit maudit par cœur, et il semblait que la déesse utilisât les mêmes embuches sans renouveler son jeu. Annabelle, guerrière des DeMats, abattait tout ennemi se dressant devant elle. Jamais je n'avais vu une femme se battre avec autant d'agilité et de dextérité. Thomas, lorsque l'assaillant se faisait plus nombreux, dégainait son épée à son tour et libérait sa rage avec fureur et efficacité. N'ayant aucune arme pour nous défendre, Julie et moi restions côte à côte, main dans la main, essayant de parer les coups lorsque des créatures parvenaient à notre hauteur avant d'être arrêtées manu militari par l'un de nos soldats.

Les hurlements ne tardèrent pas à envahir l'espace, des cris de douleurs, de haine, de rancœur, mais aussi des rugissements de folie.

Nous nous serions crus en pleine zone de guerre. Des coups de feu retentissaient derrière nous, et une certaine chaleur commençait à se propager rapidement sous une fumée épaisse. Nos adversaires avaient mis le feu au labyrinthe.

Le niveau d'animosité de cette chère Orya allait bien au-delà du raisonnement.

Nous mîmes une bonne vingtaine de minutes à parvenir au cœur du dédale, après être descendus encore et encore, toujours plus loin dans ses tréfonds, là où notre échappatoire se trouvait.

Nous étions désormais dans la prison même d'Orya, celle qui fut faite pour elle, celle où elle demeurait.

— Il ne faut pas la croiser, dit tout bas Annabelle. Nous devons nous dépêcher.

Courant plus encore, nous vîmes défiler les murs à une vitesse impressionnante. Annabelle ne se trompait jamais de chemin, elle continuait toujours plus vite, toujours plus concentrée. Mais cette concentration n'était pas infaillible…

Orya se tenait soudainement juste devant nous, une stature de déesse écrouée. Son visage, ses traits étaient ceux d'un démon, ses membres, ceux d'une créature plus maléfique encore.

Un grognement rauque sortit de ce qui lui servait de bouche, ressemblant plus à cet instant à une énorme gueule béante prête à nous engloutir.

Figés, nous ne savions plus quoi faire, comment échapper à une force comme celle-là ?

— Elle ne peut rien contre nous, murmura Thomas. Pas tant que nous serons tous ensemble.

Je ne comprenais pas vraiment le sens de sa phrase. Il prit ma main libre dans la sienne, nos symboles s'illuminèrent d'une même union. Annabelle se joignit alors à nous. Le pouvoir des pierres était notre. Thomas et Annabelle frappèrent de toute leur force le sol avec leurs épées. Une puissance telle émergea de cette frappe qu'Orya en fut repoussée.

Nous parvînmes l'espace d'une seconde à nous échapper et continuer notre fuite.

Enfin, nous arrivâmes.

Je pensais déjà devoir creuser comme vous l'aviez écrit dans votre lettre, mais il semblerait que le royaume dont me parlait Annabelle soit celui d'Ophélya ; OdeVan. Annabelle prit les devants, elle poussa la haute statuette qui recouvrait un immense trou, une immense cavité sans fond, plongée dans les ténèbres. Nous voyant hésiter, Annabelle se jeta la première. Nous n'avions plus le choix. Je sautais à sa suite.

De la noirceur jaillit une lumière éclatante. À la place du dédale sombre aux murs de fer et de pierre, s'offrait à présent à nos yeux un immense espace luxuriant d'une nature verdoyante et calme.

Voilà ce qu'était donc OdeVan, un des mondes les plus anciens de notre temps, juste là, sous nos pieds, et dont tous ignorent l'existence. Un royaume féérique, une cité des dieux.

Annabelle nous mena sans plus tarder à sa demeure. Nous croisâmes énormément d'espèces animales, certaines semblables aux nôtres, mais d'autres bien plus légendaires que je n'aurais su le dire. Julie n'en croyait pas ses yeux.

Je suis enfin en paix, mon aimé, car presque libérée.

Je remets ce que j'espère être ma dernière lettre à Annabelle. Nous sommes en sécurité, et elle veut s'assurer qu'Ophélya tiendra sa promesse. Moi je n'en doute pas, voyant comment Thomas trépigne désormais d'impatience.

À dans deux jours, mon amour.
Votre Lizetha.

Cher inconnu,

Je ne sais par où commencer.

Peut-être devrais-je tout d'abord me présenter puis vous expliquer la raison de cette missive, qui, je vous l'accorde, doit vous sembler extrêmement mystérieuse.

Je me nomme Julie et je suis la gardienne de GrandArmour.

Il ne fait aucun doute que vous, lecteur, ayez pris connaissance d'une partie de notre histoire qui restera à tout jamais gravée dans les légendes de notre famille. Après lecture de ces lettres, vous devez sûrement vous demander si nous nous en sommes sortis, si nous avons réussi à rejoindre notre monde, et si la reine des fées, Ophélya, tint sa parole et libéra notre univers extraordinaire de sa sœur aînée, Orya.

Eh bien, en quelque sorte, oui, voici le dénouement de cette infime partie de notre histoire :

Nous nous étions installés pour deux jours dans la demeure d'Annabelle, afin d'attendre en paix la venue d'Ophélya sur ses terres, une venue qui nous renverrait chez nous.

Depuis que Thomas avait fait en sorte de nous léguer une partie du pouvoir des pierres par le symbole que nous avons désormais gravé sur nos bras, Lizetha et moi ne nous quittions plus, heureuses de réellement faire la connaissance l'une de l'autre. Cette proximité que nous recherchions durant ces dernières semaines atroces nous avait manqué et nous n'étions pas prêtes à nous séparer, même si nous savions bien que nous le devrions bientôt.

Éreintées par notre fuite, nous succombâmes rapidement au sommeil, la chaleur du feu dans l'âtre accompagnant notre repos bien mérité. Et quand bien même nous étions en sécurité ici, Thomas préféra veiller.

Durant la journée, la dernière que nous passerions loin de nos proches, baignées par le soleil, nous essayâmes de nous raconter le plus de chose possible nous concernant l'une l'autre. Comme si cette folle mésaventure était déjà bien loin derrière nous.

Ce ne fut qu'une fois la nuit tombée que nos cœurs se remirent à battre la chamade, reprenant pied dans la réalité.

Le ciel dégagé nous offrait une magnifique pleine lune, brillante, céleste. Nous attendions, là, à faire les cent pas, qu'un petit signe nous annonce la venue d'Annabelle, d'Ophélya et de George. George, que j'étais impatiente de rencontrer.

Nous n'avions aucune notion d'heure, là où nous étions, mais la nuit était déjà bel et bien entamée depuis un moment.

Si cette nuit passait sans que rien arrive, alors nous devrions attendre bien trop de temps qu'une nouvelle pleine lune se profile. Exaspérée par ce silence, je commençais vraiment à devenir fébrile, l'image de mon James gravée dans mon esprit.

Ce fut seulement au bout d'un moment interminable, que nous vîmes s'ouvrir devant nous un portail de fumée et de lumière turquoise et indigo. La première personne qui apparut fut Annabelle, suivi de près par une femme à la chevelure de flamme magnifique et au teint d'albâtre, puis un homme charismatique au profil bien ténébreux.

Tandis que Lizetha relâchait ma main, je la vis partir rejoindre les bras robustes de son mari. Ophélya fixait Thomas qui se tenait un peu plus en recul, son regard scintillant de mille feux. L'amour pouvait-il se lire ainsi dans les yeux de chaque dieu et déesse ?

La longue hésitation de Thomas me surprit alors, me faisait imaginer bien des choses sur le retournement de la situation, pensant déjà qu'Orya s'était encore jouée de nous ; mais lorsque la reine fée se rapprocha et qu'il la serra enfin dans une douce étreinte, je fus totalement rassurée.

Même si je me trouvais bien seule en cet instant.

Leur laissant quelques minutes de tranquillité alors que je n'avais qu'une seule envie, je me reculais de quelques pas, observant le reflet de la lune sur le lac face à nous.

Une main me tira de mes pensées. Lizetha venait de me rejoindre, accompagnée de George.

— Mademoiselle, dit-il en accompagnant ce mot d'un baisemain, je suis enchanté de faire enfin votre connaissance.

— Moi de même, répondis-je quelque peu gênée.

Ophélya et Thomas avaient eux aussi décidé de rejoindre le groupe.

— Êtes-vous prêtes à retourner dans votre époque ? me demanda-t-elle.

— Oh que oui, lâchai-je. Et vous Thomas, à qu'elle époque appartenez-vous en fin de compte ?

— À aucune. Du moins, aucune qui me correspond. Seul le royaume où se trouve Ophélya m'importe désormais.

— Alors vous restez ici, à OdeVan ? s'enquit George.

— Oui, mon vieil ami. Si nous voulons garder un œil sur Orya, il nous faut demeurer ici.

— Les temps ont changé, ajouta Ophélya, OdeVan est prêt à revivre. Nous devons réécrire son histoire.

— Vous allez donc laissez vivre Orya ? demandai-je inquiète.

— Elle est toujours enfermée dans le labyrinthe, rien ne pourra changer cela. Je ne peux la faire sortir et risquer qu'elle détruise tout à nouveau sur son passage.

— Vous ne pouvez pas la laisser dans sa prison, intervint Lizetha qui était bien plus connectée à mon esprit qu'auparavant. Son pouvoir s'est accru au fil des années, des siècles, elle recommencera ce qu'elle a fait, jusqu'à ce qu'elle nous atteigne ou vous atteigne. Sa soif de vengeance est incommensurable.

— Là où elle est, elle peut nuire à notre monde, dis-je. OdeVan ne risque peut-être pas grand-chose face à elle, mais nous, nous sommes des proies faciles.

— Ophélya, vous devez vous battre, vous devez la réduire à néant, conclut George.

— Nul ne peut tuer à OdeVan, répondit-elle.

— Ophélya, dit tendrement Thomas, nous ne pouvons la laisser là où elle est. Il est temps de réécrire l'histoire de ton royaume. Il est temps pour toi de mettre fin à la menace que représente ta sœur pour tous, que ce soit pour OdeVan ou la contrée des hommes.

— Je ne peux la tuer, lâcha Ophélya dans un souffle de désespoir. Je n'en ai pas le droit, je ne peux pas le faire, cela m'est impossible.

Cette annonce nous fit l'effet d'une douche froide. Comment allions-nous nous défaire des liens invisibles qu'avaient tissés Orya sur chaque royaume ? Comment l'anéantir si une déesse ne le pouvait ? Mais alors que le silence s'abattait sur OdeVan, un vent glacial s'imposa soudain. Le soleil qui nous réchauffait avait disparu en un claquement de doigts.

Le visage anéanti d'Ophélya se mua en une expression de terreur.

— Elle est là, murmura-t-elle, fixant Thomas qui essayait, lui, de garder tant bien que mal son calme même si sa nature animale ressortait à cet instant.

Moi qui croyais que seuls les descendants DeMats possédaient ce gène… Cela parut même déconcerter George, qui lui, arborait déjà ses yeux de loups.

Orya ne tarda pas à apparaître à nos yeux. Elle n'avait plus sa forme bestiale que j'avais pu voir dans le labyrinthe, elle ressemblait bien plus à une véritable déité à présent, flottant dans les airs.

— Tu m'as sous-estimée chère sœur, dit-elle. Crois-tu que je t'aurais laissée rentrer chez toi, si je n'avais pas prévu de t'y tuer ?

— Vous ne l'aurez pas, grogna Thomas en se plaçant devant sa bien-aimée.

— Pauvre humain, souffla Orya, pauvre fou… Vous vous croyez investi d'un pouvoir qui pourrait m'anéantir, moi, déesse de la guerre et du chaos.

— Ce n'est pas ce que tu es, la coupa Ophélya, ce n'est pas ce que tu étais ! Nous étions les reines des fées, la conciliation !

— Tu es cette chose ! Cette faiblesse ne veut rien dire pour moi ! Crois-tu que cela me plaisait de jouer à la bonne petite fée à tes côtés et voir OdeVan jour après jour lécher nos bottes de déesses ! C'est d'un ennui ! Il ne se passait jamais rien ! Moi, j'ai besoin d'action, de rage, de sang !

— Tu es la honte de notre famille !

— Oh si tu savais comme je n'en ai cure ma pauvre sœur ! railla Orya qui termina sa phrase en propulsant Ophélya contre un arbre.

Thomas se rua vers elle pour la relever tandis que George bondissait de ses quatre pattes sur Orya. Je n'avais encore jamais vu de mes yeux une métamorphose, à part dans les films, de la fiction quoi. Même si je le savais, le voir comme ça, me causa un léger choc.

Annabelle nous tendit une épée à Lizetha et à moi, je ne savais pas vraiment comment me servir de ce truc, mais nous n'avions pas le choix. Les pouvoirs d'Orya étaient vraiment puissants. Thomas se jeta sur elle dans sa forme d'ours, mais avant même qu'il n'atteigne sa cible, il se retrouva au sol, tout comme l'était George. Annabelle frappait déjà de son épée arrêtée en une seconde, tandis que je me ruais, sans trop savoir ce que je faisais, sur Orya.

Celle-ci jubila quand elle me stoppa d'une main, mais ce fut sans compter sur Lizetha qui frappa de toutes ses forces l'épée contre le bras de notre ennemie.

Là, elle parut bien moins fière tout d'un coup.

Nos symboles, à Lizetha et moi, se propagèrent dès que nous fûmes à proximité. Lizetha était la seule à pouvoir atteindre Orya, tout comme elle l'avait déjà fait auparavant, dans le labyrinthe.

— Je ne sais pas ce que tu es, siffla Orya, mais tu ne gagneras pas !

Le vent soufflait de plus en plus, les nuages chargés de pluies déversèrent leur fureur. Le sol couvert d'herbe fraiche devint un terrain de boue glissant. Des créatures sorties tout droit de l'esprit d'Orya se mêlèrent au combat. La plaine se transforma en un véritable champ de bataille. Des alliés arrivèrent de toutes parts pour contenir nos assaillants. Le bruit des épées s'entrechoquant faisait écho aux cris de guerre, aux hurlements de souffrance, et aux rires bien distincts d'Orya.

Nous étions à terre, tout comme Annabelle et les deux hommes, blessés. Ophélya prit enfin sur elle, lorsqu'elle vit son peuple se battre en son nom, pour sauver son royaume.

Elle ramassa l'épée d'Annabelle et plongea sur sa sœur.

Plus elle donnait de coups, plus Orya les paraît grâce à son pouvoir. Mais Ophélya était acharnée, elle en appela elle aussi à ses pouvoirs qu'elle assembla à sa lame.

Deux grandes guerrières se battaient dans la rage et le sang, chacune infligeant des blessures à l'autre.

Cet instant était pour nous une aubaine, nous ne devions le laisser passer. Orya trop concentrée à contrer sa sœur ne faisait plus attention à nous. Je donnais à Lizetha la pierre que j'avais en ma possession, puis elle récupéra celle que Thomas avait gardé sur lui, dans la poche de son vêtement traînant sur le sol, déchiqueté.

George voulut l'en empêcher, tenir les deux pierres en même temps entraînerait des conséquences sans nom pour une humaine. Mais Lizetha savait ce qu'elle faisait. Au bout de quelques secondes, les pierres redevinrent de simples pierres, Lizetha avait absorbé leur pouvoir !

Tandis qu'Ophélya perdait de ses forces, Orya frappa d'un geste vif et robuste. Ophélya tomba au sol, tout guerrier stoppant son attaque.

— Tu vois, ricana Orya, vous ne pouvez gagner face à moi !

Un chant rauque s'éleva du champ de bataille, nos combattants, un genou à terre, entamait une sorte de rituel, leur voix s'élevant dans les airs, les tambours résonnant en arrière. Les créatures d'Orya ne bougeaient plus, comme paralysées par ce cérémonial.

Cet instant était magnifique. Mon cœur battait la chamade.

Aucune des deux déesses ne vit l'action qui se passa à quelques centimètres d'elles.

Lizetha, dont le corps était recouvert de dessins et de runes indigo et turquoise, se rapprochait d'Orya.

Alors que cette dernière assénait un coup mortel à Ophélya, son épée jamais n'atteignit sa cible. Orya sentit la douleur se répandre en elle. Baissant les yeux vers sa poitrine, elle regarda, horrifiée le sang qui en coulait.

Elle lâcha la lame qu'elle tenait et se retourna vers Lizetha, qui venait tout juste de retirer ses mains pleines de sang du dos de son ennemie.

— Ne jamais sous-estimer le pouvoir d'une famille, murmura Lizetha.

La déesse de la guerre et du chaos succomba sous les chants des guerriers résonnants plus haut, plus fort.

Orya était vaincue.

Ophélya se releva ébahie par ce qu'elle venait de voir, lorsque Lizetha s'écroula à son tour. Il ne fallait plus perdre de temps. Ophélya imposa ses mains sur le visage de Lizetha et réabsorba les pouvoirs.

Mais la vie de Lizetha quittait peu à peu son corps.

— Il faut la ramener au manoir, chez nous, siffla George alors que la douleur de sa blessure le paralysait sur place.

— Toi aussi tu es faible, dit Annabelle, vite, Ophélya ! Ramenez-les avant qu'ils ne meurent !

— Mais les pierres sont vides, soufflais-je, leur montrant ces roches neutres dans le creux de mes mains.

Ophélya ne discuta pas, la seule solution était qu'elle abandonne à nouveau ses pouvoirs. Ce qu'elle fit sans aucune hésitation. Elle s'approcha de moi et posa ses mains sur les pierres.

— Vous êtes les gardiens, dit-elle. C'est à vous de prendre soin de ce don. Je ne suis qu'un ancien réceptacle. Mon temps est passé. Ma demeure est ici, dans le plus simple appareil je reprends ma place au côté de mon peuple.

La lumière jaillit des gemmes nous entourant d'un halo surpuissant. Lizetha et George avaient disparu.

— C'est à ton tour, me dit-elle. Quand tu seras dans le labyrinthe, repose les pierres, là elles demeureront. Orya n'est plus, mais votre devoir de gardiens est pour toujours. Les pierres ne peuvent tomber entre de mauvaises mains.

— Mais Lizetha et George ? Si c'est moi qui aie les pierres, vont-ils guérir ?

— Tu sais bien que le temps ne veut rien dire à GrandArmour. Replace les pierres, tout ira bien pour eux, je te le promets. La famille DeMats n'est pas près de s'éteindre.

Sur cette dernière phrase, je retrouvais les murs communs du souterrain, là où je fus blessée, il y a de cela quelques semaines maintenant. Je priais intérieurement que ce fut bel et bien mon époque, lorsqu'Annabelle apparut à mes côtés.

— C'est mon dernier saut dans le temps, dit-elle. Je vais demeurer à OdeVan, auprès d'Ophélya et Thomas.

Je t'accompagne jusqu'en haut, puis je reboucherai à jamais l'entrée de cette excavation.

— Je comprends, répondis-je.

Mes adieux faits à Annabelle, qui me guida jusqu'au portail du labyrinthe de verdure, je la regardai repartir dans l'autre sens.

Je trépignais d'impatience à l'idée de rejoindre le manoir, de retrouver James et Benjamin, pourtant d'un autre côté j'avais peur, mais peur de quoi ?

Je passais la grille que je refermais à l'aide de son cadenas. Une journée ensoleillée s'annonçait. Je pris le temps d'observer la propriété, le jardin, heureuse que cela ne ressemblât plus à un asile. Je passais devant la porte des cuisines, observant par la petite lucarne s'il s'y trouvait du monde. Personne. Je poursuivis alors le long du mur, la main collée à cette demeure que je savais être mienne.

J'avançais lentement, arrivant vers la cour gravillonnée devant la grande terrasse de l'entrée, devant les escaliers de pierres. J'entendis alors la voix de James, mon cœur se serra, redoublant ses battements, mon estomac papillonnant.

Je m'arrêtais derrière le mur, dans l'angle, de peur de tourner et de ne pas le voir. Sa présence signifiait beaucoup, Lizetha et George avaient bien retrouvé leur époque, et surtout avaient survécu à leurs blessures.

Quelques secondes passèrent, puis je pris enfin sur moi.

Là, à quelques pas, se tenait James, de dos, fulminant au téléphone. Je plaignais la pauvre personne à l'autre bout.

Ne cessant de bouger, il finit par se retourner, face à moi. Le silence s'imposa soudain. Baissant le bras qui tenait son téléphone il finit par raccrocher, sans jamais me lâcher du regard.

— Salut, lâchai-je afin de briser ce moment qui devenait trop pesant pour moi.

— Julie, murmura-t-il avant de se ruer vers moi et de me prendre dans ses bras. C'est bien toi ?

— Oui, c'est bien moi, répondis-je, trouvant enfin ses lèvres qui m'avaient tant manquées.

Tous au manoir écoutèrent mon long monologue, racontant dans les moindres détails tout ce que je venais de vivre. Tout devint alors bien plus clair dans mon esprit sur le déroulement du dernier combat que nous avions subit en 2016.

Lorsque j'ai pris les deux pierres dans mes mains, j'ai été propulsée à OdeVan, là où se trouvait Orya qui tenta de récupérer les gemmes. Et ce fut au moment où je décidais de les garder qu'elle me projeta dans son monde, dans sa prison. La présence de Lizetha était également de son fait, elle voulait me punir, m'obliger à voir ma plus chère amie dépérir dans son univers.

Cette déesse nous avait bel et bien sous-estimés…

À ce jour, la famille DeMats s'est agrandie. Notre rôle est intact.

Nous sommes pour toujours et à jamais les gardiens
de GrandArmour.

Néanmoins, je sens encore cette présence qui rode
dans le dédale.
Pouvons-nous réellement croire qu'un simple
humain, même investi de pouvoirs divins puisse mettre
fin à l'existence d'une déité telle qu'Orya ?

Fin.